PAVESE *Der Strand*

CESARE PAVESE

Der Strand

Aus dem Italienischen von
HELMUT MOYSICH

Dieterich'sche
Verlagsbuchhandlung,
Mainz

ISBN 978-3-87162-109-3

Satz und Reihengestaltung:
de Jong Typografie, Essen
Druck: Beltz Grafische Betriebe,
Bad Langensalza
Gesetzt aus der DTL Haarlemmer

Gedruckt auf säurefreiem und
alterungsbeständigem Papier.

Motiv auf dem Einband von
Kkolosov / istockphoto.com

Bibliographische Information der
Deutschen Nationalbibliothek:
Die Deutsche Nationalbibliothek
verzeichnet diese Publikation in
der Deutschen Nationalbibliogra-
phie: detaillierte bibliographische
Daten sind im Internet abrufbar
unter http://dnb.dnb.de

www.dvb-mainz.de

I.

SCHON seit längerem war es mit meinem Freund Doro ausgemacht, dass ich als sein Gast zu ihm kommen würde. Ich liebte ihn geradezu und als er nach Genua umzog, um dort zu heiraten, machte mich das halb krank. Auf meinen Brief, in dem ich meine Teilnahme an seiner Hochzeit absagte, bekam ich dann die trocken-forsche Antwort: Wenn das Geld nicht einmal dafür gut sein soll, sich dort niederzulassen, wo es der eigenen Frau gefällt, wofür soll es dann überhaupt noch gut sein. Als ich darauf eines schönen Tages auf der Durchreise in Genua Halt machte, suchte ich ihn zu Hause auf und wir schlossen wieder Frieden. Seine Frau erschien mir gleich sehr sympathisch, ein Mädchen, das mich in allerliebster Manier aufforderte, es Clelia zu nennen, und uns dann genau die Zeit allein ließ, die wir brauchten, und als es am Abend wieder auftauchte, um zusammen mit uns auszugehen, stand auf einmal eine bezaubernde Frau vor uns, der ich, wäre ich ein anderer gewesen, die Hand geküsst hätte.

In diesem Jahr verschlug es mich noch einige Male

nach Genua und ich besuchte die beiden dann immer. Selten traf ich sie allein an, und das entspannte Auftreten Doros schien ganz darauf zu deuten, dass er sich bestens in die Gesellschaft, in der sich seine Frau bewegte, eingefügt hatte. Oder es war vielleicht eher diese Gesellschaft, die in ihm den passenden Mann erkannt hatte, und Doro, naiv und verliebt, nahm das so hin. Von Zeit zu Zeit stiegen er und Clelia in einen Zug und machten eine Reise, eine Art Hochzeitsreise in Abschnitten, die sich fast ein Jahr lang hinzog. Aber sie waren taktvoll genug, kaum darüber zu reden. Da ich Doro gut kannte, war ich froh über sein Stillschweigen, zugleich aber beneidete ich ihn auch: Doro gehört zu den Menschen, die das Glück schweigsam werden lässt, und ihn stets ruhig und um Clelia bemüht zu erleben machte mir klar, wie sehr ihm sein neues Leben gefiel. Vielmehr war es Clelia selbst, die, nachdem sie mich etwas mehr ins Vertrauen gezogen hatte und Doro uns eines Tages allein ließ, sagte: – Oh ja, er ist glücklich –, wobei sie mir fest in die Augen schaute, ohne sich ein flüchtiges Lächeln verkneifen zu können.

Sie besaßen eine Villa an der ligurischen Riviera, wohin sie oft auch ihre kurzen Reisen führten. Und eben in dieser Villa hätte ich ihr Gast sein sollen. Doch in diesem ersten Sommer verschlug mich meine Arbeit an einen anderen Ort, und außerdem muss ich sagen, dass es mir irgendwie unpassend vorkam, mich in ihr trautes Eheleben einzumischen. Zudem erschien es mir eher lästig, sie ständig umringt von ihren Genueser Freunden zu sehen, von einem Geschwätz zum nächsten zu hecheln, mich dem Rhythmus ihrer mir völlig gleichgültigen Empfänge zu beugen, und am Ende eine ganze Reise zu unternehmen, nur um ein paar Blicke mit ihm zu wechseln oder ein paar Worte mit Clelia. Und so besuchte ich sie immer seltener und verlegte mich aufs Briefeschreiben – Glückwunschkarten oder irgendwelche Banalitäten von Zeit zu Zeit, die mein altes Vertrauensverhältnis zu Doro mehr schlecht als recht ersetzten. Manchmal war es Clelia, die mir antwortete, um mir in raschen, ausholenden Schriftzügen liebenswerte Neuigkeiten mitzuteilen, klug ausgewählt aus dem schillernden Haufen von Gedanken und Ereignissen aus einem anderen Leben und einer anderen Welt. Und es war wohl auch Doro selbst, der es aus purer Trägheit Clelia überließ, mir zu schreiben, was mir gar nicht gefiel, und so distanzierte ich mich ohne besondere Eifersuchtsanflüge nur noch mehr von ihnen. Im Laufe eines Jahres schrieb ich vielleicht noch dreimal, und dann, es war Winter, kam Doro auf Kurzbesuch zu mir und ließ mich den ganzen Tag lang nicht eine Stunde allein, sprach von seinen Geschäften – weshalb er eigentlich gekommen war –, aber auch über unsere alten gemeinsamen Interessen. Er schien mir jetzt gesprächiger als früher, was nach so langer Zeit nur logisch war und er erneuerte seine Einladung, zu ihnen in ihre Villa zu kommen. Diesmal war ich einverstanden, aber unter der Bedingung, dass ich mir ein Hotel nehmen würde und wir nur dann zusammenkämen, wenn wir alle dazu Lust hätten. – In Ordnung –, sagte Doro mit einem Lachen. – Ganz wie du willst, wir werden dich schon nicht fressen. – Fast ein ganzes Jahr lang blieb ich dann ohne jede Nachricht von ihnen und so kam es, dass ich auch zu Beginn der Badesaison immer noch frei und ohne Pläne war. Jetzt lag es also an mir, sie zu fragen, ob ich noch eingeladen war. Doros Antwort kam umgehend per Telegramm: »Bleib wo du bist. Ich komme«.

II.

ALS ER DANN in seinem sommerlichen Aufzug und derart gebräunt vor mir stand, dass ich ihn kaum wiedererkannte, schlug meine freudige Aufregung in Unmut um. – Geht man so mit einem Freund um? –, stieß ich aus. Er lachte nur. – Hast du mit Clelia gestritten? – Aber nein.

– Ich habe hier noch Verschiedenes zu erledigen, – sagte er. – Willst du mich nicht begleiten.

Den ganzen Vormittag schlenderten wir dann herum und diskutierten sogar über Politik. Merkwürdige Dinge sagte Doro da, und mehrmals bat ich ihn, nicht so laut zu reden, während er einen aggressiven und hämischen Tonfall anschlug, den ich schon lange nicht mehr von ihm kannte. Und als ich versuchte, das Gespräch auf Clelia umzulenken und ihm mehr persönliche Fragen stellte, reagierte er augenblicklich nur mit einem Lachen: – Lass mich in Ruhe damit. Wen interessiert das schon –. Worauf wir eine Weile schweigend weitergingen bis ich schließlich Hunger bekam und ihm vorschlug, irgendwo einzukehren.

– Ja, tun wir das –, sagte er. – Oder hast du noch was vor?

– Ich wollte eigentlich zu euch aufbrechen.

– Dann kannst du gleich bei mir bleiben.

Und er setzte sich als Erster an einen Tisch. Jetzt, wo ich ihn direkt vor mir hatte, bemerkte ich, wie seine weißen Augen immer wieder wie unruhige Hundeaugen aus seinem gebräunten Gesicht herausrollten. Ganz wie auch sein hämischer Ausdruck zum großen Teil vom Kontrast seiner Zähne zu seinem Gesicht herrührte. Doch bevor ich etwas dazu sagen konnte, schoss er hervor:

– Wie lange wir uns schon nicht mehr gesehen haben.

Ich war neugierig, worauf er hinauswollte. Eher verärgert zündete ich mir meine Pfeife an, um ihm zu verstehen zu geben, dass ich alle Zeit dieser Welt hatte. Worauf Doro nun seinerseits seine Zigaretten mit Goldfilter herauszog, eine anzündete und mir den Rauch voll ins Gesicht blies. Ich schwieg und wartete ab.

Erst mit Einbruch der Dunkelheit wurde er dann etwas aufgelockerter. Zu Mittag aßen wir, schweißdurchnässt, in einer Trattoria; danach nahmen wir unseren Spaziergang wieder auf, und Doro ging in mehrere Geschäfte, um mich glauben zu machen, dass er Einkäufe zu erledigen hatte. Gegen Abend nahmen wir dann die alte Hügelstraße, wie wir es in der Vergangenheit schon so oft getan hatten, um schließlich in ein kleines Lokal, halb Wirtshaus, halb Nachtbar, einzukehren, das uns zu unserer Studentenzeit als das Nonplusultra allen Lasters erschienen war. Es war eine klare frische Sommermondnacht, die uns nach der drückenden Schwüle des Tages ein wenig aufatmen ließ.

– Leben deine Verwandten nicht auf dem Land? – fragte ich Doro.

– Ja, aber ich werde sie bestimmt nicht besuchen. Ich möchte allein sein.

Aus Doros Mund war das ein Kompliment. Und so beschloss ich, wieder Frieden mit ihm zu schließen.

– Entschuldige schon, – sagte ich halblaut. – Aber steht die Einladung ans Meer noch?

– Wann immer du willst, – antwortete er. – Doch zuerst leiste mir noch etwas Gesellschaft. Ich möchte mich eine Zeitlang in meine heimatlichen Hügel aufmachen.

Das war dann auch das Gesprächsthema unseres Abendessens. Bedient wurden wir von einer Tochter des Wirtshauspatrons, sie sah elend aus, schlecht geschminkt und war vielleicht dieselbe, zu der es uns vor Jahren immer wieder hier heraufgezogen hatte, doch Doro achtete weder auf sie noch auf ihre jüngeren Schwestern, die ab und zu auftauchten, um die Pärchen in den Winkeln des Gastraums zu bedienen. Er trank reichlich und mit Hingabe, munterte auch mich zum Trinken auf und voll Begeisterung erzählte er von seinen Hügeln.

Schon lange gingen sie ihm nicht mehr aus dem Sinn, sagte er; wieviele Jahre? – ja, drei Jahre war es her, dass er seine Hügel zuletzt gesehen hatte, und jetzt wollte er sich endlich wieder Zeit dafür nehmen. Ich hörte ihm zu und fing schließlich selbst

Feuer. Vor seiner Heirat hatten wir Jahr für Jahr, unbekümmert und für alles offen, zu Fuß mit Rucksack die ganze Gegend durchwandert, nur wir zwei allein, durch Gutshöfe hindurch, vorbei an Landhäusern, dem Lauf der Bäche folgend, und so manche Nacht schliefen wir in einer Scheune. Und dann all unsre Gespräche damals – wenn ich daran zurückdachte, wurde ich fast rot, oder verspürte, halb ungläubig, eine unsägliche Nostalgie. Wir waren damals in einem Alter, wo man dem Freund beim Reden zuhört, als wäre man es selber, der da spricht, und wo man zu zweit ein gemeinsames Leben lebt, wie es, so will es mir als Junggeselle auch heute noch scheinen, nur gewissen verheirateten Paaren gelingt.

– Aber warum hast du Clelia nicht mitgenommen? – fragte ich arglos.

– Clelia kann nicht und will auch nicht, – brummelte Doro und schob sein Glas zur Seite. – Ich will mit dir unterwegs sein –. Den letzten Satz betonte er besonders, stirnrunzelnd und lachend, so wie er es bei leidenschaftlichen Diskussionen tat.

– Wir sind also wieder Jungs, – grummelte ich vor mich hin, aber Doro hatte es vielleicht gar nicht gehört.

Eines wollte mir nicht klarwerden an diesem Abend: ob Clelia überhaupt wusste von Doros Eskapade. Irgendetwas in seinem Verhalten sprach dagegen. Aber wie konnte ich auf dies Thema zurückkommen, wenn mein Freund es so heftig von sich wegschob. In dieser Nacht ließ ich ihn auf meinem Sofa schlafen – er hatte einen ziemlich unruhigen Schlaf – und ich fragte mich, warum er bis zum

Abend damit gewartet hatte, mir etwas so Harmloses wie sein Ausflugsvorhaben mitzuteilen. Die Vorstellung, dass er mich vielleicht nur vorschob, um einen Streit mit Clelia zu verbergen, verärgerte mich geradezu. Wie gesagt, war ich immer schon eifersüchtig auf Doro gewesen.

Diesmal nahmen wir – schon frühmorgens – den Zug und es war noch nicht heiß, als wir ankamen. Weit am Horizont der Landschaft, die so immens war, dass die Bäume dort ganz winzig schienen, erhoben sich Doros Hügel: es waren dunkle, bewaldete Hügel, deren morgendliche Schatten sich über die gelben Anhöhen mit ihren verstreuten Höfen legten. Doro – ich hatte mir vorgenommen, ihn genau zu beobachten – ging unsere Tour jetzt mit mehr Ruhe an. Ich hatte ihn davon überzeugen können, sie auf drei Tage zu begrenzen und ihn auch davon abgebracht, einen Koffer mitzunehmen.

Wir stiegen aus dem Zug und schauten uns um, und während Doro, der hier alle Welt kannte, schon ins Bahnhofshotel ging, blieb ich noch einen Moment auf dem einsamen Vorplatz stehen; so einsam und verlassen war dieser Platz, dass ich auf die Uhr schaute, in der Hoffnung, es könnte bereits Mittag sein. Dabei war es nicht einmal neun Uhr und so betrachtete ich genau das frische Pflaster und die niedrigen Häuser mit ihren grünen Fensterläden und Balkonen voll blühender Glyzinien und Geranien. Das Haus, das früher Doro gehört hatte, lag außerhalb des Orts auf einer Bergnase über dem Tal, das sich zur Ebene hin öffnete. Auf einer denkwürdigen Tour hatten wir hier einst eine Nacht zugebracht, in einem alten Zimmer mit blumigen Supraporten, und am nächsten Morgen die Betten ungemacht zurückgelassen, um dann gerade noch das Gartentor hinter uns zu schließen. Ich hatte nicht einmal die Zeit gehabt, ein paar Schritte durch den umliegenden Park zu gehen. Es war Doros Geburtshaus – seine Eltern hatten hier ganzjährig gelebt und waren hier gestorben – und bei seiner Heirat hatte er es verkauft. Ich war gespannt, was er jetzt für ein Gesicht machen würde vor diesem Tor.

Doch er ging in eine ganz andere Richtung, als wir schließlich das Hotel verließen. Wir überquerten die Bahngleise und folgten dem Flusslauf. Es war klar, dass wir einen Schattenplatz aufsuchen würden, ganz so, wie man in der Stadt in ein Café geht. – Ich dachte, wir würden zu deinem alten Haus gehen, – brummelte ich. – Sind wir nicht deswegen hierhergekommen?

Doro blieb stehen und sah mich verächtlich an. – Was glaubst du bloß? Dass ich zurück zu den Ursprüngen will? Was wesentlich ist, habe ich im Blut und niemand kann es mir nehmen. Ich will nichts anderes hier als ein wenig von meinem Wein trinken und noch einmal gemeinsam singen, mit wem auch immer. Ich gönne mir eine Zerstreuung, das ist alles.

Erst wollte ich ihm sagen: »Das ist nicht wahr«, und schwieg dann doch lieber, kickte einen Stein weg und zog meine Pfeife heraus. – Du weißt, wie schlecht ich singe, – presste ich zwischen meinen Zähnen hervor. Doro zuckte nur mit den Schultern.

Den Morgen und Nachmittag verbrachten wir, hangauf, hangab, mit ruhigem Umherwandern. Dabei schien mir Doro absichtlich schmale Pfade einzuschlagen, die nirgendwo hinführten und unter schwülem Himmel abrupt in einem ausgetrockneten Bachbett, vor einem Zaun oder einem verschlossenen Tor endeten. Gegen Abend, als die schon tief über der Ebene stehende Sonne das ganze Tal mit feinem Dunst erfüllte und die Akazien im Abendwind zu zittern begannen, gingen wir auch wieder ein Stück die breite Landstraße hinauf, die das Tal durchquerte. Ich spürte wie ich auflebte, und auch Doro wurde jetzt gesprächiger. Er erzählte von einem Bauern, der seinerzeit allbekannt dafür war, dass er seine Schwestern aus dem Haus jagte – er hatte mehrere –, darauf die Höfe abklapperte, wo sie Unterschlupf suchten, sich dann dort wie von Sinnen aufführte und ein Versöhnungsmahl verlangte. – Wer weiß, ob er noch lebt, – sagte Doro. Er wohnte auf einem Hof, den man von dort unten sehen konnte. Er war ein kleiner spröder Mann, der wenig redete und von allen gefürchtet wurde, aber etwas sprach für ihn: er wollte nicht heiraten, weil, wie er sagte, es ihm schwergefallen wäre, auch seine Frau fortjagen zu müssen. Eine seiner Schwestern hatte sich in der Folge endgültig davongemacht, was im Dorf allgemeine Genugtuung auslöste.

– Was war er für einer? So ein gestandener Typ? – fragte ich.

– Nein, ein Mann, der sich für etwas ganz anderes geboren glaubte, ein Spinner, einer von denen, die es lernen, schlau und gerissen zu sein, weil sie mit ihrem Leben nicht zufrieden sind.

– Dann müssten ja alle schlau und gerissen sein.

– Genau richtig!

– Hat er am Ende geheiratet?

– Aber nein, wo denkst du hin! Er hielt sich die robusteste seiner Schwestern, die ihm eine Reihe Kinder gebar und seinen Weinberg bearbeitete. Und sie waren glücklich. Und vielleicht sind sie es bis heute.

Doro redete mit sarkastischem Unterton und ließ seine Augen dabei über den Hügel wandern.

– Hast du jemals auch Clelia diese Geschichte erzählt?

Doro antwortete mir nicht und machte ein Gesicht, als denke er an etwas anderes.

– Wie ich Clelia kenne, hätte sie wahrscheinlich ihren Spaß an dieser Geschichte, – fuhr ich fort. – Umso mehr als sie nicht deine Schwester ist.

Doch als Antwort erhielt ich nicht mehr als ein Lächeln. Wenn es Doro danach war, konnte er wie ein Junge lächeln. Er blieb stehen und legte mir die Hand auf die Schulter. – Habe ich dir eigentlich gesagt, dass ich schon einmal mit Clelia hier war? – sagte er. Da blieb auch ich stehen, sagte nichts und wartete ab.

Worauf Doro fortfuhr: – Ich glaubte es dir gesagt zu haben. Sie selbst hatte mich darum gebeten. Wir kamen damals mit Freunden im Auto hier vorbei. In jener Zeit waren wir ständig unterwegs.

Er sah mich an und schaute zum Hügel hinter mir. Dann machte er Anstalten, weiter zu gehen und ich tat es ihm gleich.

– Nein, das hast du mir nie gesagt, – brummelte ich. – Wann war das?

– Es ist gar nicht lange her, – setzte Doro nach. – Letztes Jahr.

– Und war es ihr Wunsch?

Doro nickte.

– Aber du hast zu lange damit gewartet, – sagte ich. – Du hättest sie schon früher hierherbringen sollen. Und warum hast du sie dieses Jahr am Meer zurückgelassen?

Da lächelte Doro bereits wieder sein typisches Lächeln, deutete mit seinen Augen auf den Steilhang des höchsten Hügels und antwortete nicht. Schweigsam stiegen wir hinauf, solange es noch hell war. Oben angekommen blieben wir stehen und schauten hinunter auf die Ebene, wo wir tief unten im Dunstgestöber auch den kleinen dunklen Schopf der verbotenen Villa zu erkennen glaubten.

Später am Abend im Hotel tauchten dann nach und nach freundliche Gesichter auf. Es gab einen Billardtisch, an dem gespielt wurde. Gleichaltrige Bekannte von Doro – einige Angestellte und ein ganz mit Kalk bespritzter Maurergehilfe – erkannten ihn und begrüßten ihn überschwänglich. Dann trat noch ein älterer Herr mit Goldkette über seiner Weste hinzu, der, wie er vorgab, erfreut war, meine Bekanntschaft zu machen. Während Doro spielte und herumscherzte, nahm der Alte einen Kaffee mit Grappa zu sich, lehnte sich über den Tisch zu mir hin und erkundigte sich zutraulich nach Doros Geschäften, und dann erzählte er mir ausführlich die ganze Geschichte der Villa, die mitsamt aller umliegenden Besitzungen von einem gewissen Matteo gekauft worden war, als sie nichts als eine einfache Scheune war, wobei dieser Matteo wohl irgendein Vorfahre war, doch in der Folge hatte dann Doros Großvater, um das Haus bauen zu können, mit dem stückweisen Verkauf des Grundes zu spekulieren angefangen, sodass am Ende nur noch diese große Villa ohne ein Stück Grund übrigblieb, und er hatte seinem Freund, welcher Doros Vater war, vorausgesagt, dass seine Kinder eines Tages auch noch die Villa verkaufen und ihn wie einen Landstreicher auf dem Friedhof zurücklassen würden. Er sprach ein ordentliches, gutherzig klingendes Italienisch mit Dialektfärbung, und ich bildete mir ein, ich weiß nicht warum, dass er Notar war. Dann kamen Flaschen, und Doro, gestützt auf seinen Billardstock, trank im Stehen, diesem und jenem dabei zuzwinkernd. Zu fortgeschrittener Stunde waren nur noch der Maurergehilfe, der Ginio hieß, wir zwei und ein dickerer Bursche mit roter Krawatte, den Doro zum ersten Mal sah, übriggeblieben. Wir verließen das Hotel, um ein paar Schritte zu gehen, und der Mond wies uns den Weg. Im Mondlicht sahen wir alle aus wie der Maurergehilfe, den die Kalkspritzer in einen Pierrot verwandelt hatten. Doro sprach im Dialekt zu ihnen. Ich konnte sie zwar verstehen, aber nur sehr unbeholfen antworten, was bei uns allen Gelächter auslöste. Bis hin zu den großen Hügeln war alles ringsum in Mondlicht getaucht, einen durchsichtigen Dunst, der alle Erinnerungen des vergangenen Tages verhüllte und wegwischte. Die Ausdünstungen des genossenen Weins taten das Übrige: ich fragte mich nicht mehr, was Doro durch den Kopf gehen mochte, ging neben ihm her und war überrascht und glücklich, dass wir das Geheimnis schon so weit zurückliegender Jahre wiedergefunden hatten.

Der Maurergehilfe führte uns bis vor sein Haus. Er bat uns, leise zu sein, um die Frauen und den Vater nicht zu wecken; dann ließ er uns auf der Tenne vor den großen dunklen Fensterlöchern der Scheune im Schatten eines Strohhaufens zurück, um wenig später barfuß, mit zwei schwarzen Flaschen unterm Arm und wie ein Idiot lachend wieder aufzutauchen. Wir schlichen zusammen mit dem Hund die Wiese hinter dem Haus hinunter und setzten uns an den Rand eines Grabens. Zum Missfallen des Burschen mit der Krawatte mussten wir direkt aus der Flasche trinken, was Ginio lachend kommentierte: – Wer nicht trinkt, ist ein Schlappschwanz, – und alle tranken wir.

– Hier darf gesungen werden, – sagte er weiter, sich räuspernd. Dann legte er los, und seine Stimme erfüllte das ganze Tal; der Hund wurde immer unruhiger; andere Hunde antworteten bereits von nah und von fern, und nun fing auch unser Hund zu kläffen an. Doro lachte, laut und fröhlich, dann nahm er noch einen Schluck und stimmte in Ginios Lied mit ein. Ihr gemeinsames Schmettern ließ die Hunde bald verstummen, wenigstens lang genug, um herauszuhören, dass es ein melancholisches Lied war, mit langem Verweilen auf den tiefsten Tönen und mit für diesen groben Dialekt seltsam weich klingenden Wörtern. Es kann natürlich sein, dass Mond und Wein in meiner Erinnerung nicht ganz unbeteiligt an diesem Eindruck waren. Worüber ich mir aber sicher bin, das ist die große Freude, die plötzliche Glückseligkeit, die ich empfand als ich die Hand ausstreckte, um Doros Schulter zu berühren. Mir stockte der

Atem und mit einem Mal war ich voll Zuneigung für ihn, jetzt, wo wir nach so langer Zeit wieder zusammengekommen waren.

Der andere Bursche, der Biagio hieß, stieß ab und zu einen lauten Ton oder Satz heraus, dann senkte er wieder den Kopf und redete weiter mit mir. Ich erklärte ihm, dass ich nicht in Genua wohnte und dass ich aufgrund meines in jungen Jahren abgeschlossenen Diploms beim Staat angestellt war. Darauf sagte er mir, dass er heiraten wollte, aber das sollte eine gelungene Sache werden und damit es eine gelungene Sache wird, müsste er schon so ein Glück wie Doro haben, der in Genua auf einen Schlag Frau und Geschäft gefunden hatte. Das Wort *Geschäft* machte mich geradezu wütend und so erwiderte ich schroff und ungehalten: – Aber kennen Sie überhaupt Doros Frau? … Also halten Sie den Mund, wenn Sie sie gar nicht kennen.

Wenn ich andere Menschen derart behandle, wird mir bewusst, dass ich über dreißig bin. Während ich in dieser Nacht noch eine Weile darüber nachdachte, begannen Doro und der Maurergehilfe, Erinnerungen an ihren Militärdienst auszutauschen. Der weiße Ginio reichte mir die Flasche weiter, nachdem er sie mit der Handfläche abgewischt hatte, und ich nahm einen langen, kräftigen Zug, um im Wein die Gefühle zu ertränken, die ich mir nicht von der Seele singen konnte.

– Recht so, Signore, entschuldigen Sie schon, – wandte Ginio sich an mich, um mir die Flasche wieder abzunehmen, – aber wenn Sie in einem Jahr wiederkommen, werde ich verheiratet sein und in meinem eigenen Haus eine Flasche für Sie aufmachen.

– Lässt du dich immer noch von deinem Vater herumkommandieren? – fragte Doro.

– Von lassen kann keine Rede sein, er kommandiert einfach.

– Das macht er nun schon dreißig Jahre. Hat er sich dabei noch nicht das Genick gebrochen?

– Eher bricht er es dem hier, – kommentierte der Bursche mit der Krawatte nervös lachend.

– Und was sagt er zu Orselina? Lässt er dich sie heiraten?

– Das weiß man noch nicht, – sagte Ginio, zog seine Beine aus dem Graben und sprang auf wie ein Aal. – Wenn er mich nicht heiraten lässt, umso besser, – murrte er zwei Schritte neben uns. Immer wenn ich den Mond sehe, kommt mir dieser kleine bäckerweiße Kerl, der Kapriolen schlug und Doro duzte, in den Sinn. Clelia musste herzhaft lachen, als ich ihn ihr später einmal beschrieb. Sie lachte mit diesem glückseligen Lachen, das ihr so eigen ist und sagte: – Was für ein Kind Doro doch ist. Er wird sich nie ändern.

Aber was danach geschah, erzählte ich Clelia nicht. Ginio und Doro stimmten ein anderes Lied an und diesmal grölten wir alle vier drauflos, bis schließlich vom Hof her eine wütende Stimme uns zuschrie, sofort aufzuhören. In die plötzliche Stille brüllte Biagio etwas Unverschämtes zurück und sang das Lied dann provozierend laut weiter. Auch Doro fing wieder zu singen an, als Ginio hektisch aufsprang. – Oh nein, – stammelte er, – er hat mich erkannt. Das ist mein Vater –. Aber Biagio wollte nichts davon wissen, es mussten erst Ginio und Doro über ihn herfallen und ihm den Mund stopfen. Kaum hatten wir uns dann, über die Wiese taumelnd und rutschend, etwas weiter entfernt, als Doro eine Idee kam. – Die Schwestern von den Murette, – sagte er zu Ginio. – Hier können wir nicht singen, aber bei den Schwestern wurde früher immer gesungen. Lasst uns zu Rosa gehen –. Und so wäre es auch gekommen, wenn nicht der junge Bursche mich am Arm gepackt und mir panisch zugeflüstert hätte: – Pass bloß auf! Da schläft der Carabiniere. Ich wusste nicht was tun, dann lief ich zu Doro und hielt ihn mit Mühe am Oberarm zurück. – Nicht Wein und Frauen zusammenbringen, Doro, – rief ich aufgeregt. – Denk dran, wir sind Signori.

Doch dann kam voll Entschlossenheit Ginio dazu und räumte ein, dass die drei Mädchen zwar Fett angesetzt hatten, aber wir waren ja nicht deswegen auf dem Weg zu ihnen, sondern allein, um noch einmal ordentlich zu singen, und selbst wenn sie jetzt dick geworden waren, was machte das schon? eine Frau muss gut gebaut sein; und wie wild herumfuchtelnd und an Doro zerrend setzte er hinzu: – Du wirst sehen, Rosa erinnert sich bestimmt –. Wir waren jetzt bei Mondschein auf der breiten Landstraße und redeten alle auf Doro ein, der seltsam unentschlossen wirkte.

Am Ende machte Rosa das Rennen, denn der junge Bursche platzte gehässig heraus: – Merkst du gar nicht, dass sie dich nicht wollen, weil du ganz kalkverdreckt bist? – worauf er eine voll ins Gesicht verpasst bekam, sodass er sich drei Schritte daneben wiederfand und auf den Boden spucken musste. Dann war er plötzlich wie durch ein Wunder ver-

schwunden und nach einer schönen Weile hörten wir ihn noch durch die Mondesstille hindurch rufen:
– Vielen Dank, Ingegnere. Das werde ich Ginios Vater sagen.

Doro und Ginio waren schon weitergegangen und ich schloss mich an. Ich wusste nicht, was ich sagen sollte, denn auch ich fühlte mich unsicher. Wenn ich etwas bedauerte, dann nur, dass dieser Drecksmaurer mir in den Augen Doros überlegen war, was die Intensität der gemeinsamen Erinnerungen betraf, die sie sich auf dem Weg zum Dorf so lebhaft gegenseitig wachriefen. Sie redeten ununterbrochen, und es reichte schon dieser grobe Dialekt, um Doro den ursprünglichen Geschmack an seinem Leben, am Wein, am Fleisch und an der Freude wiederzugeben, in die er hineingeboren war. Ich fühlte mich als Eindringling, als Versager. Ich nahm Doros Arm und drängte mich mit einem Grunzer nach vorn. Schließlich hatte ich doch denselben Wein im Blut.

Was wir dann unter diesen Fenstern anstellten, war schon verwegen. Ich vermutete, dass Biagio sich in irgendeiner Ecke des kleinen Platzes versteckt hielt, und sagte es Doro, der mir aber nicht einmal zuhörte. Zuerst begann Ginio mit seinem typischen Idiotengekicher im Mondschein an die kleine wurmstichige Tür zu klopfen. Erregt und belustigt zugleich redeten wir kaum hörbar zu den Fenstern hinauf. Aber niemand antwortete und die Fenster blieben geschlossen. Jetzt fing Doro zu husten an und Ginio sammelte Steinchen auf und warf sie gegen die Fensterscheiben, worüber wir in Streit gerieten, weil ich sagte, er werde noch die Scheiben einwerfen; am

Ende durchbrach Doro alle Schranken und stieß einen schrecklichen, bestialischen Schrei aus, nach Art jener Schreie, die die Betrunkenen auf dem Land ihren Chorgesängen folgen lassen. Alle Mondesstillen schienen zu erschauern. Und von entfernten Höfen heulten wütend Hunde auf.

Dann das Schlagen von Türen und Quietschen von Fensterläden. Jetzt fing auch Ginio zu grölen an, etwas wie das anfängliche Lied, doch gleich schloss sich ihm auch Doros Stimme an und übertönte alles. Von der anderen Seite des Platzes her hörte man jemanden reden, da blitzte am Fenster ein Licht auf; wir verstummten: Kaum, dass ein ganzer Schwall von Flüchen und Drohungen losbrach, da hatte sich auch schon der Maurer mit Fußtritten und Faustbieben gegen die kleine Tür geworfen. Doro packte mich an der Schulter und zog mich in den Schattenstreifen des benachbarten Hauses.

– Schauen wir mal, ob sie ihm eine Ladung aus dem Nachttopf verpassen, – schnaufte er lachend mit rauer Stimme, – ich will ihn klatschnass wie einen Pudel sehen.

In der Nähe bellte ein Hund; mir wurde das Ganze immer unangenehmer. Schließlich schwiegen wir nur noch, selbst Ginio, der einen seiner nackten Füße fest mit den Händen umklammert hielt und auf dem Kies herumhüpfte. Und während wir schwiegen, verstummten auch die Stimmen aus den wenigen Fenstern, und auch jenes Licht erlosch; nur das ferne, immer wieder unterbrochene Bellen dauerte an. Da hörten wir auf einmal das zaghafte Quietschen des Fensterladens oben.

Ginio duckte sich zwischen uns in den Schatten. – Sie haben aufgemacht, – zischelte er uns ins Gesicht. Ich stieß ihn zurück, denn er war ja ganz eingestaubt. – Na los, mach dich bemerkbar, – sagte Doro trocken zu ihm. Und Ginio, mit dem Blick nach oben, fing aus dem Dunkeln zu rufen an. Ich spürte seinen kalten und rauen Hals an meiner Hand. – Komm, singen wir, – sagte er zu Doro hin. Doch der achtete nicht auf ihn und pfiff leise, so wie man nach einem Hund pfeift. Über uns war ein Tuscheln zu hören.

– Los jetzt, mach dich bemerkbar, – wiederholte Doro, und stieß ihn mit einem Schubser ins Mondlicht.

Immer noch weiter lachend, taumelte Ginio ins Helle und erhob den Ellbogen, wie um sich vor einem eingebildeten Projektil zu schützen. Am Fenster gab es darauf nur Schweigen. Da rutschte Ginio die Hose runter und fast fiel er hin, als sich ein Fuß im Hosenbein verfing. Er stolperte und setzte sich auf den Boden.

– Rosina, oh Rosina, – rief er mit weit aufgerissenem Mund, zugleich aber seine Stimme unterdrückend. – Wisst ihr, wer hier ist?

Jetzt kam ein leises Lachen von oben, das sofort wieder verstummte.

Da spielte Ginio wieder den Aal, diesmal auf dem harten Boden. Die Hände hinten aufgestützt, schlug er eine Reihe von Purzelbäumen rückwärts, die ihn zum Schattenband zurückbrachten, wo Doro schon bereitstand, um ihm einen Tritt zu verpassen. Aber Ginio sprang flink wieder auf die Beine und rief, wild herumspringend: – Doro ist hier, Doro von den

Ca' Rosse, und er ist extra von Genua gekommen, um euch zu sehen –. Er schien verrückt geworden zu sein.

Oben bewegte sich jetzt etwas, dann ein Knarren von aufblitzenden Fenstern; und gleich darauf ein dumpfer Schlag gegen die Tür, die sich öffnete und das sie überströmende Weiß des Mondlichts aufspaltete. Ginio war wie angenagelt, mitten in seinem Tanz, zwei Schritte entfernt von der Türschwelle, auf der sich jetzt ein massiger Mann in Hemdsärmeln zeigte.

Genau in diesem Augenblick scholl eine schrille, dreiste Stimme hinten vom Platz herüber; es war Biagio, der da brüllte: – Marina, nicht aufmachen, die sind besoffen wie die Tiere –. Vom Fenster kam ein Hin- und Hergerufe, das Geräusch von schnellen Schritten; auch heftige Armbewegungen konnte ich erkennen.

Aber da waren auf der Schwelle schon der Mann und Ginio aneinandergeraten und kämpften miteinander, keuchend und hechelnd hin- und herspringend wie tollwütige Hunde. Der Mann trug schwarze Hosen mit roten Seitenstreifen. Doro, der mich an der Schulter festhielt, ließ mich plötzlich los und stürzte sich auf das kämpfende Knäuel. Um die beiden herumkreisend und wahllos Fußtritte austeilend, versuchte er, dazwischen zu gehen. Dann ließ er von ihnen ab und stellte sich unter das Fenster. – Wer bist du? Rosina oder Marina? – fragte er hinauf. Keine Antwort. – Rosina oder Marina? – brüllte er jetzt, mit einem Fuß schon auf der Türschwelle.

Plötzlich gab es einen Krach, etwas war herabgestürzt: eine Blumenvase, wie sich herausstellte. Doro sprang zurück, den Blick weiter nach oben gerichtet, wo jetzt mindestens zwei Frauen sich zu schaffen machten. – Das war keine Absicht, – hörte man mit der festen Stimme einer zornigen Frau herunterrufen. – Ist jemand verletzt?

– Wer spricht da? – schrie Doro zurück.

– Ich bin's, Marina, – antwortete eine nun sanftere, mehr flehende Stimme. – Habt ihr euch wehgetan?

Jetzt trat auch ich aus dem Schatten hervor, um ebenfalls etwas zu sagen. Ginio und der andere Typ hatten sich losgelassen, umkreisten einander und verpassten sich wutschnaubend Ohrfeigen. Aber nun sprang der Carabiniere rasch in zwei Sätzen zur Tür zurück und stieß Doro zur Seite. Von oben kreischten die Frauen.

Rings um den Platz schlugen die Fenster weit auf und schon ertönte ein Durcheinander von genervten, wütenden Stimmen. Inzwischen hatte der Mann die Tür wieder hinter sich zugesperrt und man hörte, wie er eiligst den Holzriegel vorschob. Über unseren Köpfen erhob sich ein ganzer Chor von Flüchen und Klagerufen, allen voran die harte Stimme der ersten der beiden Frauen. Dann hörte ich – was schließlich den Weinnebel in meinem Kopf vertrieb – wie von Fenster zu Fenster Doros Name gerufen wurde. Ginio schlug schreiend von neuem vergeblich auf die Tür ein. Von den umliegenden Fenstern flogen jetzt Äpfel und auch härtere Geschosse – Fischknochen – über den Platz, und dann, plötzlich, als Doro gerade Ginio am Arm packte und ihn mit fortzog, gab es aus dem Fenster darüber einen Blitz, gefolgt von einem großen Knall, der alle verstummen ließ.

III.

Am ersten Abend, als ich gemeinsam mit Clelia am Meer entlang ging, erzählte ich ihr gerade das Nötigste von Doros Ausflug mit mir, das heißt, so gut wie nichts. Und dennoch fand sie die ganze Sache so verrückt, dass sie darüber lächeln musste, mit einem Schmollen. – Was für Egoisten ihr seid, – sagte sie –, während ich mich hier langweilte. Warum habt ihr mich nicht mitgenommen?

Clelia schien wenig überrascht als sie uns am Nachmittag nach unserer Eskapade ankommen sah. Mehr als zwei Jahre hatte ich sie nun nicht mehr gesehen. Kastanienbraun und in Shorts kam sie die Stufen der Villa herab. Mit einem selbstsicheren Lächeln gab sie mir die Hand, ihre Augen traten klarer und härter als früher aus ihrer Bräune hervor. Und sofort hatte sie angefangen, uns von ihren Plänen für den folgenden Tag zu erzählen. Zu dem verabredeten Gang hinunter an den Strand, um meine Ankunft zu feiern, ließ sie sich dann aber Zeit. Worauf ich ihr scherzend dazu riet, sich doch lieber um Doro zu kümmern, der müde war, und die zwei allein miteinander verhandeln ließ. Noch an diesem ersten Abend machte ich mich auf die Suche nach einem Zimmer und fand eines in einer abgelegenen Gasse, mit einem Fenster, das auf einen großen, knorrigen Olivenbaum blickte, der unerklärlicherweise mitten aus dem gepflasterten Boden herausgewachsen war. Viele Male, wenn ich in der Folge zu meinem Zimmer zurückkehrte, musste ich vor diesem Baum gedankenversunken innehalten, und das ist vielleicht, was sich mir von diesem ganzen Sommer am stärksten eingeprägt hat. Von unten besehen war er knorrig und ausgezehrt; von meinem Zimmerfenster aus aber zeigte er sich als ein kompakter silberner Block aus trockenen, gekräuselten Blättchen. Er gab mir das Gefühl, auf dem Land zu sein, in einem mir unbekannten Land, und oftmals beschnupperte ich ihn, ob er nicht vielleicht nach Salz roch. Ich habe es immer erstaunlich gefunden, dass selbst am äußersten Rand einer Küste, zwischen Erde und Meer, noch Pflanzen und Blumen wachsen und trinkbares Wasser fließt. Zu meinem Zimmer gelangte man über eine äußere, steile und winklige Steintreppe. Wenn ich mich rasierte und zurechtmachte, brach manchmal im Erdgeschoss unter mir ein Stimmengelärme los, wo man nicht recht wusste, ob es fröhliche oder zornige Stimmen waren, darunter wohl auch Frauenstimmen. Beim Hinuntergehen schaute ich dann durch die Gitterfenster, aber in der Dämmerung ließ sich nichts erkennen. Erst als ich schon ein Stück entfernt war, hörte ich eine Stimme alle anderen übertönen, wie in einem Solo, eine frische und kräftige Stimme, der ich keinen Namen geben konnte, die ich aber irgendwo schon gehört hatte. Die Unsicherheit darüber ließ mir keine Ruhe und fast wäre ich umgedreht, wenn mir nicht der Gedanke gekommen wäre, dass wir ja schließlich Nachbarn waren und man das Kennenlernen eines Nachbarn nicht überstürzen sollte.

– Doro ist im Wald, – sagte Clelia an jenem Abend als wir am Strand entlanggingen. – Er malt das Meer –. Sie wandte sich im Gehen um und ließ den Blick über das Meer schweifen. – Das ist es ja auch wert. Schauen Sie nur.

Wir betrachteten das Meer und dann sagte ich ihr, dass ich nicht verstehe, warum sie sich langweilte. Clelia antwortete lachend: – Erzählen Sie mir noch mehr von diesem kleinen Mann im Mondschein. Wie war das mit seinem Geschrei? Auch ich habe letzte Nacht den Mond betrachtet.

– Wahrscheinlich zog er eine Fratze. Da braucht es mehr als vier Betrunkene, um ihn zum Lachen zu bringen.

– Wart ihr betrunken?

– Aber natürlich.

– Ihr seid mir Burschen, – schloss Clelia.

Die Nacht mit Ginio wurde für uns zwei zum Losungswort und ich brauchte nur auf den kleinen weißen Mann und seine Kapriolen anzuspielen, um Clelia aufzuheitern und fröhlich zu stimmen. Doch als ich ihr an diesem Abend erklärte, dass Ginio kein alter Glatzkopf, sondern ein Altersgenosse Doros war, verzog sie fassungslos ihr Gesicht. – Warum sagen Sie mir das? Damit haben Sie alles verdorben. War er ein Bauer?

– Ein Maurer, um genau zu sein.

Clelia seufzte auf. – Aber Sie kennen doch selbst Doros Dorfgegend, – sagte ich zu ihr. – Und Sie können sich vorstellen, wenn Doro zwei Häuser weiter geboren wäre, dann wären Sie jetzt zu dieser Stunde vielleicht die Frau von Ginio.

– Wie schrecklich, – erwiderte Clelia lächelnd.

An diesem Abend wollte mir nach dem Abendessen auf dem Balkon das vorher am Tisch Gesagte nicht mehr aus dem Kopf gehen, während Doro entspannt und wortlos in seinem Liegestuhl rauchte und Clelia sich für den Abend umzog. Es war die Rede von einem gewissen Guido gewesen, ein vierzigjähriger Kollege von Doro und Junggeselle, den ich bereits in Genua kennengelernt und dann am Strand in der Clique von Clelia – er gehörte zu ihren Freunden – wiedergetroffen hatte, und wie sich herausstellte, war er auch bei jenem gemeinsamen Freundesausflug mit dem Auto dabei gewesen, auf dem sie einst in Doros Dorf Halt gemacht hatten. Clelia, von einer plötzlichen neckischen Erinnerung animiert, erzählte ohne sich weiter bitten zu lassen die ganze Geschichte dieses Ausflugs und tat dabei so, als antwortete sie auf eine Frage, die ich gar nicht gestellt hatte. Sie waren von wer weiß welcher Ausfahrt in die Berge zurückgekommen; Guido war am Steuer, und Doro hatte gesagt: »Wisst ihr, dass ich vor dreißig Jahren hier in diesen Hügeln geboren bin?« Worauf dann alle, Clelia als erste, derart auf Guido einredeten, dass dieser schließlich einwilligte, einen Abstecher hinauf auf Doros Hügel zu machen. Das war völlig verrückt gewesen, weil man den Freunden im folgenden Auto Bescheid geben musste, aber die kamen ewig nicht an, und sie hatten über eine Stunde an der Kreuzung auf das Auto gewartet; als es dann doch endlich kam, brach die Nacht schon herein, und so mussten sie sich, nachdem sie im Dorf mehr schlecht als recht zu Abend gegessen hatten, auf versteckten, mysteriösen Nebenstraßen über einen Haufen Hügel hinaufschrauben, und als sie endlich die Hauptstraße nach Genua wiedergefunden hatten, fing der Morgen schon zu dämmern an. Doro hatte sich neben Guido gesetzt, um ihn zu lotsen und an Schlaf war nicht zu denken gewesen. Ein Wahnsinn.

Jetzt, wo Clelia gerade nicht da war, fragte ich Doro, ob sie wieder Frieden geschlossen hatten. Dabei dachte ich im Stillen: »Was sie brauchen, ist ein Kind«, aber das war ein Thema, das ich mit Doro nie angeschnitten hatte, es sei denn im Spaß. Und Doro erwiderte: – Frieden schließt nur, wer vorher miteinander im Krieg war. Und hast du mich jemals im Krieg mit jemandem gesehen? – Da konnte ich nur schweigen. Trotz der großen Nähe, die es zwischen mir und Doro gab, hatten wir bis jetzt nie eingehender über Clelia gesprochen. Beinahe hätte ich ihm gesagt, dass man auch einen Krieg anzetteln kann, indem man auf einen Zug springt und sich aus dem Staub macht, doch ich zögerte, und im selben Augenblick rief auch schon Clelia nach mir.

– Wie ist Doro gelaunt? – fragte sie mich durch die halbgeöffnete Tür ihres Zimmers.

– Gut, – stammelte ich, ohne zu ihr zu gehen.

– Sind Sie sicher?

Clelia kam an die Tür und strich sich die Haare zurecht. Ihre Augen suchten im Halbdunkel nach mir, wo ich auf sie wartete. – Wie bitte? Ihr seid Freunde, und Sie wissen nicht einmal, dass Doro in Wirklichkeit genervt und verärgert ist, wenn er sich einfach so veralbern lässt?

Jetzt versuchte ich es bei ihr. – Habt ihr noch nicht Frieden geschlossen?

Clelia zog sich ohne ein Wort zurück. Gleich darauf stand sie wieder in der Tür, ausgehbereit und sagte: – Warum machen Sie das Licht nicht an? – Sie hakte sich bei mir ein und so gingen wir durch das halbdunkle Zimmer. Beim Hinausgehen fasste mich Clelia auf dem beleuchteten Treppenabsatz am Arm und flüsterte: – Ich bin verzweifelt. Ich möchte, dass Doro viel mit Ihnen zusammen ist, Sie sind schließlich Freunde. Ich weiß, dass Sie ihm guttun und ihn ablenken …

Ich wollte stehenbleiben und etwas sagen.

– … Nein, wir haben nicht gestritten, – setzte Clelia hastig nach. – Und eifersüchtig ist er auch nicht. Und er verachtet mich auch nicht. Er ist nur anders geworden. Wir können gar nicht Frieden schließen, weil wir niemals gestritten haben. Verstehen Sie? Aber sagen Sie ihm bitte nichts.

In jener Nacht, wie gewöhnlich im Auto von Guido unterwegs, endeten wir nach einer kurvenreichen Fahrt auf einer von Badegästen überfüllten Straße schließlich in einer Bar hoch oben über dem Meer. Es spielte eine kleine Band und ein paar Leute tanzten. Aber den Reiz des Ortes machten vor allem die kleinen Gasttische mit verschleierten Lampen aus, die verstreut in Nischen auf einem Felsvorsprung zum Meer hin aufgestellt waren. Der Duft von blühenden Gewürzkräutern vereinte sich mit der salzigen Meeresbrise, und beim Hinauslehnen ließen sich unten ganz klein die Lichterreihen der Küste erkennen.

Ich versuchte mit Clelia allein zu sein, doch es gelang mir nicht. Mal hatte ich Doro, mal Guido neben mir, mal eine von Clelias Freundinnen – unmöglich, mit jemandem ins Gespräch zu kommen, weil die Partner von Tanz zu Tanz wechselten und vor allem Clelia besonders gefragt war. Dann kam endlich der Moment, wo ich ihr zu ihrer heiteren Verwunderung sagen konnte: – Ich möchte auch tanzen, – und ich entführte sie unter die Pinien außerhalb der Bar. – Setzen wir uns, – sagte ich, – und jetzt erklären Sie mir diese Geschichte.

Ich versuchte herauszubekommen, warum sie nie stritt mit Doro. Man müsste eine Krise geradewegs provozieren – sagte ich ihr – so wie man eine Uhr schüttelt, um sie wieder in Gang zu setzen, und ich weigerte mich zu glauben, dass eine Frau wie sie nicht fähig sein sollte, allein durch den Tonfall in der Stimme, einen Mann zur Ehrlichkeit zu zwingen, der alles in allem immer noch alberne Kindereien veranstaltete.

– Aber Doro ist doch ehrlich, – gab Clelia zurück. – Er hat mir sogar von dem Ständchen erzählt, das ihr für Rosina aufgeführt habt. Haben Sie sich dabei amüsiert?

Ich glaube, ich wurde ganz rot, aber mehr vor Ärger als vor Verlegenheit.

– Und auch ich bin ehrlich, – fuhr Clelia lächelnd fort. Und weiter mit schmollendem Unterton: – Unser Freund Guido sagt sogar, dass das mein Fehler ist, mit allen ehrlich zu sein, und niemandem die Illusion zu geben, mit ihm allein ein Geheimnis zu haben. Ihr seid ja süß! Aber so bin ich nun einmal. Und genau dafür habe ich Doro geliebt ...

Hier unterbrach sie sich und schaute mich verstohlen an: – Finden Sie das unanständig?

Ich antwortete nichts und war eher genervt. Clelia schwieg einen Augenblick und fuhr dann fort:

– Sehen Sie, ich habe recht. Aber ich *bin* ja unanständig. So unanständig wie Doro. Deswegen lieben wir uns.

– Also dann schließt auch Frieden, – sagte ich ihr. – Was sollen die ganzen Geschichten?

Jetzt stöhnte Clelia in ihrer kindischen Art weinerlich auf. – Ja, denken Sie ruhig wie die anderen auch. Aber verstehen Sie denn nicht, dass wir nicht streiten können? Wir lieben uns. Wenn ich ihn hassen könnte wie ich mich selbst hasse, ja, dann würde ich ihn quälen. Aber das verdient keiner von uns beiden. Verstehen Sie?

– Nein.

Clelia blieb stumm, und wir hörten zu, wie der Kies knirschte, die Band ihr Spiel unterbrach und jemand sang.

– Was für Ratschläge hat er Ihnen denn noch gegeben, Ihr Guido? – fragte ich mit unveränderter Stimme.

Clelia zuckte mit den Schultern. – Eigennützige Ratschläge. Er macht mir den Hof.

– Also beispielsweise ein Geheimnis vor Doro zu haben?

– Ihn eifersüchtig zu machen, – sagte Clelia gequält. – So ein Idiot! Er versteht nicht, dass Doro mich alles machen lassen und innerlich dabei leiden würde.

In diesem Augenblick kam rufend und lachend ich weiß nicht welche Freundin aus der Clique auf Clelia zu und ich blieb allein auf der Bank zurück und empfand meine übliche mürrische Lust, mich abseits zu halten, im Wissen, dass wenige Schritte außerhalb des Schattenplatzes aufgeregt gelacht und getanzt wurde. Und es gab genug Stoff zum Nachdenken. Ich zündete meine Pfeife an und rauchte sie bis zu Ende. Dann stand ich auf und irrte zwischen den Tischen umher bis ich schließlich auf Doro traf. – Trinken wir ein Glas an der Theke? – fragte ich ihn.

– Nur um Bescheid zu wissen, – begann ich, als wir allein waren, – kann ich deiner Frau erzählen, dass wir, um Prügel zu vermeiden, am nächsten Morgen abhauen mussten?

Mitten aus unserem Lachen heraus antwortete Doro halb höhnisch grinsend: – Hat sie dich danach gefragt?

– Nein, ich frage dich danach.

– Aber bitte! Erzähl ihr doch was du willst.

– Ihr seid also nicht zerstritten?

Doro hob sein Glas und schaute mich nachdenklich an. – Nein, – sagte er ganz ruhig.

– Und wie kommt es dann, – entgegnete ich, – dass Clelia dich immer wieder wie ein Hund mit ganz verschreckten Augen sucht? Sie sieht ganz so aus, als wäre sie geschlagen worden. Hast du sie geschlagen?

In diesem Augenblick rief uns die Stimme Clelias,

die mit irgendeinem Typ auf der Tanzfläche herumwirbelte, zu: – Heh, ihr Säufer! – und wir sahen, wie sie uns mit der Hand zuwinkte. Doro folgte ihr mit den Augen und nickte ihr gedankenverloren zu, bis sie hinter dem Rücken ihres Tanzpartners verschwand.

– Wie du siehst, ist sie zufrieden, – sagte er halblaut. –Warum sollte ich sie schlagen? Wir verstehen uns besser als viele andere. Sie hat mir noch nie ein gemeines Wort gesagt. Und selbst bei den Vergnügungen sind wir uns einig, was mit das Schwierigste ist.

– Ich weiß, dass sie sich gut mit dir versteht –. Hier unterbrach ich mich.

Doro sagte nichts. Mit gesenktem Kopf betrachtete er beschämt sein Glas, das er etwas von sich entfernt hielt, dann trank er es hastig aus und wandte sich halb zur Seite, wie man es in Gesellschaft tut, um sich die Kehle frei zu hüsteln.

– Das Schlimme ist, – sagte er in einem abschließenden Tonfall, während er von der Theke wegging, – dass man sich zu sehr vertraut und bestimmte Dinge nur sagt, um dem anderen einen Gefallen zu tun.

Zwischen den Tischen kamen jetzt Clelia und Guido auf uns zu.

– Sprichst du von mir? – fragte ich.

– Auch von dir, – brummelte Doro.

IV.

Auf dem Weg ans Meer hatte ich befürchtet, die Tage gemeinsam mit unzähligen Unbekannten verbringen zu müssen, mit Händeschütteln, Danksagungen und Konversationen, kurz: einer Sisyphusarbeit. Stattdessen lebten Clelia und Doro, abgesehen von den unvermeidbaren Gruppenabenden, in einer gewissen Ruhe. So aß ich beispielsweise jeden Abend gemeinsam mit ihnen in der Villa und die Freunde kamen erst mit Einbruch der Dunkelheit dazu. Unserem Trio mangelte es nicht an Herzlichkeit, und mochten wir auch unruhige Gedanken hinter der Stirn verstecken, redeten wir über viele Dinge doch mit dem Herz in der Hand.

Ich konnte schon bald von so manchem Erlebten und Gesehenen erzählen – dem Gerede in der Trattoria, wo ich frühstückte, schrägen Gedanken und seltsamen Ereignissen, allem, was der Trubel eines Lebens am Meer so mit sich bringt. Und jene schrille Stimme, die ich aus der Wohnung unter mir gehört hatte, als ich am ersten Abend meine Herberge verließ, hatte sich mir bereits am folgenden Tag zu erkennen gegeben. Am Strand kam mir ein sonnenverbrannter junger Kerl entgegen, der mich äußerst freundlich mit Handzeichen grüßte bevor er weiterging. Als er schon vorbei war, fiel mir ein, wer er war. Kein anderer nämlich als einer meiner Schüler aus dem letzten Jahr, der eines schönen Tages, ohne mich zu benachrichtigen, nicht mehr zur gewohnten Privatstunde in mein Büro gekommen war und den ich seitdem nie mehr gesehen hatte. An diesem selben Morgen dann, als ich mich gerade von der Sonne rösten ließ, knallte sich ein schwarzer und kräftiger Körper neben mich hin: wieder war er es. Er lächelte, ließ dabei seine Zähne aufblitzen und fragte mich, ob ich ins Wasser gehen wollte. Ohne den Kopf zu heben, antwortete ich ihm: dass ich mich zufällig weitab vom Sonnenschirm meiner Freunde befand in der Hoffnung, für mich allein zu sein. Er dagegen erklärte mir in aller Einfachheit, dass er aus purem Zufall an die Küste gekommen war und sich hier wohlfühlte. Über die Sache mit den Privatstunden verlor er kein Wort. Etwas unwirsch sagte ich ihm, dass ich am Vorabend gehört hätte, wie seine Eltern sich stritten. Darauf lächelte er nur wieder und antwortete mir, das wäre unmöglich, weil seine Eltern gar nicht da seien. Doch gab er zu, dass er in einer Straße wohnte, wo es einen Olivenbaum gab. Als er dann aufstand, um wieder fortzugehen, sprach er davon, dass jemand ihn erwartete. Noch am selben Abend warf ich einen Blick ins Erdgeschoss, aus dem ein scharfer Frittiergeruch kam und wo auch Kinder zu sehen waren, eine Frau mit einem Tuch um den Kopf, ein ungemachtes Bett und ein Küchenherd. Da sie mich gesehen hatten, fragte ich nach ihm, worauf die Frau – es war meine Vermieterin selbst – zur Tür kam und nach einigem Hin- und Hergeplauder dem Himmel dankte, dass ich ihren Untermieter kannte, denn inzwischen hatte sie es schon bereut, ihn aufgenommen zu haben und wollte auch seiner Familie schreiben – so anständige Leute waren das, die ihren Sohn ans Meer schickten, um ihn auf andere Gedanken zu bringen, und er, er hat noch gestern Abend eine Frau zu sich mit aufs Zimmer genommen. – Das sind Sachen, ich sage Ihnen! Er ist keine achtzehn Jahre alt.

Ich erzählte die Anekdote Clelia und Doro und beschrieb ihnen auch den Besuch, den Berti mir am nächsten Morgen oben auf meiner Außentreppe abstattete, wo er mir die Hand gab und sagte: – Da Sie ja jetzt wissen, wo ich wohne, werden wir besser Freunde.

– Es kommt noch so weit und er wird in dein Zimmer wollen, – sagte Doro.

Ermutigt durch die Neugier Clelias ließ ich mich weiter aus und erklärte, dass die Dreistigkeit von Berti wohl nichts als eine Art Schüchternheit war, die aus einer Selbstverteidigungsreaktion heraus ins Aggressive umschlug. Ich sagte, dass der Junge noch im Vorjahr, bevor er verschwand und wahrscheinlich das Geld verschleuderte, das für meine Bezahlung gedacht war, Anzeichen eines unterwürfigen Verhaltens zeigte und sich immer unbeholfen und verlegen vor mir verbeugte. Ihm war geschehen was allen geschieht: die Wirklichkeit wandelte sich in ihr Gegenteil. So wie die zarten Seelen, die sich derb gebärden.

– Ich beneidete ihn geradezu – sagte ich – denn als junger Kerl, der er war, konnte er sich noch etwas vormachen über seine wahre Natur.

– Ich denke, – sagte Clelia, – ich habe eher einen verschlossenen, misstrauischen und perversen Charakter.

Doro lächelte, ohne ein Wort zu sagen. – Doro wird es nicht glauben – warf ich ein, – aber ihm geht es ähnlich, er spielt den Harten, wenn ihm eigentlich zum Weinen zumute ist.

Die Hausangestellte, die unsere Teller wechselte, blieb stehen, um uns zuzuhören. Sie wurde ganz rot und stahl sich schnell davon. Ich fuhr fort: – Schon als junger Bursche war er so. Ich kann mich erinnern. Er gehörte zu der Sorte Jungs, die beleidigt tun, wenn man sie fragt, wie es ihnen geht.

– Es wäre ein leichtes, die Leute zu verstehen, wenn das wahr wäre, – sagte Clelia.

Unsere Gespräche fanden ein Ende, als nach dem Abendessen die anderen eintrafen. Wie gewohnt war Guido dabei, der sein Auto nur verließ, um Karten zu spielen, dann gab es ein paar verheiratete Frauen, einige Mädchen und gelegentlich auch verheiratete Männer – kurz, die Genueser Clique. Es war nichts Neues für mich, dass mir mehr als drei Personen gleich als ein ganzer Haufen erschienen, wo dann nichts mehr zu sagen bleibt, was sich lohnen würde. Fast zog ich die Nächte vor, wenn wir auf der Suche nach Abkühlung mit dem Auto die Küste abfuhren. Dann traf es sich auch, dass ich an irgendeinem Belvedere, während all die anderen tanzten, ein wenig mit Doro oder mit Clelia reden konnte oder einer der verheirateten Frauen voll Überzeugung irgendeinen

Blödsinn erzählte. Da langte dann ein Glas und die Meeresbrise, um mich wieder in Laune zu bringen.

Tagsüber am Strand zu sein war allerdings etwas ganz anderes. Man spricht merkwürdig vorsichtig, wenn man halbnackt ist: die Wörter haben nicht mehr den gewohnten Klang, manchmal schweigt man und die Stille scheint aus sich heraus zweideutige Worte freizugeben. Clelia hatte eine geradezu ekstatische Art, ausgestreckt auf den Felsen die Sonne zu genießen, mit ihnen zu verschmelzen und sich ganz dem Himmel hinzugeben, um kaum einmal mit einem Flüstern, einem Seufzer oder einem Knie- oder Ellbogenzucken auf die kurzen Worte der Person zu antworten, die sich gerade neben ihr befand. Ich bemerkte sehr schnell, dass Clelia, so hingestreckt, für nichts anderes Ohren hatte. Doro wusste das und sprach sie niemals an. Mit düsterer, unruhiger Miene, die Knie zwischen den Händen, blieb er auf seinem Badetuch sitzen; er legte sich nicht wie Clelia ausgestreckt hin; und wenn er es doch einmal versuchte, sah man ihn schon nach wenigen Minuten sich winden, sich auf den Bauch umdrehen oder sich wie vorher wieder aufsetzen.

Aber man war nie allein. Der ganze Strand ein einziges Gewimmel und Krakeelen – deshalb zog Clelia die Felsen vor, den harten und glatten Stein, und nicht den Sandstrand wie all die anderen. Wenn sie sich einmal aufrichtete und die Haare zurückwarf, lächelnd und ganz benommen von der Sonne, fragte sie uns, worüber wir gesprochen hatten, und schaute sich um, wer da war. Da waren die Freundinnen, da war Guido, die ganze Clique war da. Einer kam gerade aus dem Wasser, eine andere ging vorsichtig hinein. Guido kam in seinem weißen Frottee-Bademantel mit ständig neuen Bekanntschaften, die er an unserem Sonnenschirm wieder verabschiedete. Dann kletterte er auf die Felsen, scherzte mit Clelia und ging niemals ins Wasser.

Die schönste Stunde war die Zeit nach Mittag oder zu Sonnenuntergang, wenn die milde Wärme oder die Farbe des Meeres auch die letzten Zögerlinge zum Baden oder zu einem Strandspaziergang verleitete, dann waren wir fast allein, höchstens noch mit Guido, der süßlich dahinredete. Doro, der den Spleen hatte, sich mit Pinseln in der Hand zu zerstreuen, stellte hin und wieder seine Staffelei auf einem Felsen auf und malte dann Boote, Sonnenschirme und Farbflecken, zufrieden damit, uns von oben zuzuschauen und unser Palaver mit anzuhören. Es geschah auch, dass jemand aus der Clique mit dem Boot kam, vorsichtig anlegte und nach uns rief. Und in den folgenden Stillemomenten lauschten wir dem Gurgeln des Wassers zwischen den Felsen.

Freund Guido pflegte dann zu sagen, dass dieses Gurgeln Clelias Laster war, ihr Geheimnis, ihre Untreue gegenüber uns allen. – Das finde ich nicht, – widersprach Clelia, – ich höre ihm nackt unter der Sonne zu, und wer will, kann uns sehen. – Wer weiß, – sagte Guido. – Wer weiß schon, was eine Frau wie sie sich von den Wellen erzählen lässt. Ich kann mir vorstellen, es ist wie das, was ihr euch vor euren Liebesspielen zuflüstert.

Die Meeresansichten von Doro – er vollendete zwei davon in diesen Tagen – waren in blassen und leicht verschwimmenden Farben gemalt, als hätte die heiße Sonnenluft selbst, grell und betäubend, seine Pinselstriche gedämpft. Jemand war zu Doro auf den Felsen geklettert und verfolgte seine Malhand und gab ihm Ratschläge. Doro antwortete nichts. Er sagte mir einmal, dass man sich die Zeit so gut vertreibt wie man eben kann. Ich versuchte ihm zu sagen, dass er nicht nach der Natur malte, denn das Meer sei doch immer viel schöner als auf seinen kleinen Bildern: man brauchte es nur anzuschauen. An seiner Stelle und mit seinem Talent hätte ich eher Portraits gemalt: es ist sehr befriedigend, die Menschen malerisch zu ergründen. Doro antwortete mir lachend, dass er mit Ende der Ferien seinen Malkasten schließen und nicht weiter daran denken würde.

An einem Abend, als wir zusammen mit Doro weiter über dieses Thema scherzend zu unserem Café auf einen Aperitif gingen, merkte Freund Guido in seinem scheinheiligen Ton an, dass niemand gedacht hätte, dass unter der harten und energischen Schale des Mannes von Welt in Doro die Seele eines Künstlers schlummerte. – Ja, schlummern tut sie, – antwortete Doro beschwingt und zufrieden. – Was nicht alles so schlummert unter der Schale von uns allen. Man sollte den Mut haben, aufzuwachen und sich selbst wiederzufinden. Oder wenigstens darüber zu sprechen. Man spricht zu wenig auf dieser Welt.

– Raus mit der Sprache, – sagte ich zu ihm. – Was hast du entdeckt in dir?

– Nichts habe ich entdeckt. Aber erinnerst du dich, was man sich alles sagte, als wir jung waren. Man redete einfach drauf los. Wir wussten sehr gut, dass es nichts als Redereien waren und dennoch zogen wir großes Vergnügen daraus.

– Doro, Doro, – entgegnete ich ihm, – du wirst alt. Besser, du überlässt diese Dinge den Kindern, die du nicht hast.

Jetzt musste Guido lachen, so herzhaft lachen, dass seine Augen ganz klein wurden. Er hielt mit einer Hand Doros Schulter umfasst und musste sich vor Lachen aufstützen. Ungläubig betrachteten wir seinen Halbglatzenkopf mit den harten Augen des Schönlings auf Urlaub.

– Irgendetwas schlummert auch in Guido, – sagte Doro. – Manchmal lacht er wie ein Idiot.

Später bemerkte ich, dass Guido nur unter Männern auf diese Art lachte. Am selben Abend, nachdem wir Doro und Clelia am Tor ihrer Villa abgesetzt hatten, ließen wir das Auto am Hotel stehen und gingen ein paar Schritte am Meer entlang. Fast ohne es zu wollen, sprachen wir über unsere Freunde. Guido erklärte die Reise Doros und seine unerwartete Rückkehr hierher mit der ständigen Unruhe des Künstlers. Es war schon merkwürdig, wie es Doro gelingen konnte, alle von der Ernsthaftigkeit seines Spiels zu überzeugen. Bei den täglichen Gesprächen in der Clique zweifelte man sogar daran, ob es angebracht war, Doro zum Ausstellen seiner Bilder zu bewegen und dazu, aus seiner Kunst das zu machen, was man einen Beruf nennt. – Aber sicher, das sage ich ihm auch immer, – hatte Clelia dabei lebhaft eingeworfen.

– Verrückt, – sagte Guido dazu an diesem Abend.

– Aber Doro macht das doch nur zum Vergnügen, – antwortete ich.

Einige Schritte lang schwieg Guido – er trug Sandalen und wie zwei Klosterbrüder kamen wir nur langsam voran – dann blieb er stehen und erklärte abrupt: – Ich kenne die beiden. Ich weiß, was sie tun und was sie wollen. Aber ich begreife einfach nicht, warum Doro Bilder malt.

– Was ist schon Schlechtes daran? Es lenkt ihn ab.

Das Schlechte daran war, dass Doro dabei, wie alle Künstler, seine Frau nicht befriedigte. – Was wollen Sie damit sagen? – Er wollte damit sagen, dass die geistige und nervliche Tätigkeit die männliche Potenz schwächte, weshalb auch alle Maler Phasen von furchtbarer Depression durchleiden.

– Nicht auch die Bildhauer?

– Alle zusammen, – grummelte Guido, – all die Verrückten, die sich das Gehirn zermartern und nicht wissen, wann es Zeit ist, aufzuhören.

Inzwischen waren wir vor seinem Hotel angekommen. Ich fragte ihn, welche Art Leben man seiner Meinung nach führen sollte. – Ein gesundes Leben, – antwortete er. – Arbeiten, aber ohne Exzesse. Sich ablenken, sich ernähren und Gespräche führen. Vor allem sich ablenken.

So stand er vor mir, sich auf den Füßen wiegend und die Hände hinter dem Rücken verschränkt. Sein über der Brust offenes Hemd verlieh ihm das gleichgültige Aussehen eines Jugendlichen, der sich auskennt, eines durch Müßiggang junggebliebenen Vierzigjährigen. – Man muss das Leben begreifen, – fügte er noch mit einem bemühten Augenzwinkern hinzu. – Es begreifen, solange man jung ist.

V.

VON CLELIA wusste ich, dass Doro jeden Morgen schon früh bei Morgengrauen aus dem Haus geht, um im milchigen Meer zu baden. Auch deshalb verbrachte er dann die Zeit bis Mittag so träge hinter seiner Staffelei. Manchmal, erzählte sie mir, würde sie auch mitgehen, aber nicht morgen, dazu fühlte sie sich zu müde. Ich versprach Doro, ihm Gesellschaft zu leisten und gerade in dieser Nacht konnte ich auch nicht schlafen. Mit den ersten Sonnenstrahlen stand ich auf und ging durch die frischen und leeren Straßen zum Strand, der noch ganz feucht war. Ich musste innehalten und schauen, wie die Sonne die Bäume oben auf dem Bergkamm goldrot hervorstechen ließ, aber als ich mich hinsetzte, sah ich über der glatten Wasseroberfläche plötzlich einen Kopf näherkommen und schließlich den dunklen, triefnassen Körper meines Ex-Schülers aus den Fluten steigen.

Natürlich steuerte er auf mich zu, um mit mir zu reden, während er sich, klein und mager wie er war, mit seinem Badetuch trockenrieb. Ich suchte das Meer ab, ob vielleicht auch der Kopf Doros zu sehen war.

– Wie kommt's, dass du allein bist? – fragte ich.

Er antwortete nicht, ganz erschöpft von der Anstrengung, die er hinter sich hatte, und als er mit dem Trockenreiben fertig war, ließ er sich ein paar Schritte von mir entfernt nieder und schaute aufs Meer hinaus. Ich dagegen drehte mich zur Seite, um den goldglitzernden Berg im Auge zu behalten. Berti fingerte in einer kleinen Schachtel herum, zog eine Zigarette heraus und zündete sie sich an. Dann entschuldigte er sich, dass er nur noch eine einzige übrighatte.

Ich wunderte mich, dass er schon so früh auf war. Berti machte nur eine vage Geste und fragte mich, ob ich auf jemanden wartete. Ich antwortete ihm, dass man am Meer auf niemanden wartete. Darauf warf sich Berti flach auf den Bauch und rauchte, auf die Ellbogen gestützt, während er mich ansah.

Er sagte mir, dass ihn die Jahrmarktatmosphäre, die bei Sonne am Strand herrscht, anwiderte. Die Kinder, Sonnenschirme, Kindermädchen, Familien. Wenn es nach ihm ginge, würde er sie alle verbieten. Ich fragte ihn, warum er dann überhaupt ans Meer kam: da konnte er doch gleich in der Stadt bleiben, wo es keine Sonnenschirme gab.

– Gleich kommt die Sonne, – sagte er, indem er sich fast den Hals verrenkte, um auf den Berg zu schauen.

Für eine Weile schwiegen wir in der leise rauschenden Stille.

– Bleiben Sie länger hier? – fragte er mich. Ich antwortete ihm, ich wüsste es nicht und schaute erneut aufs Meer hinaus. Ein schwarzer Punkt ließ sich erkennen. Jetzt schaute auch Berti und sagte: – Das ist Ihr Freund. Er war gerade auf der Boje, als ich angekommen bin. Wie gut er schwimmt. Gehen Sie auch gern schwimmen?

Nach kurzer Zeit warf er seine Zigarette weg und stand auf. – Sind Sie heute zuhause? – fragte er. – Ich muss mit Ihnen reden.

– Du kannst auch jetzt mit mir reden, – sagte ich und schaute auf.

– Aber Sie erwarten doch Leute.

Ich erwiderte, er solle nicht den Idioten spielen. Worum ging es denn? Privatstunden?

Da setzte sich Berti wieder hin und betrachtete seine Knie. Und dann begann er zu reden, als würde er verhört, hin und wieder gedankenverloren innehaltend. Im Wesentlichen sagte er, dass er sich langweilte, dass er keine Freunde hatte und dass er sehr sehr glücklich wäre, wenn er sich mit mir unterhalten könnte, zusammen ein Buch lesen – nein, nur keine Privatstunden – aber lesen, wie ich es manchmal in der Schule praktiziert hatte, erklärend und diskutierend, und ihn in vielen Dingen unterrichtend, von denen er wusste, dass er sie nicht wusste.

Ich musterte ihn widerwillig, aber auch neugierig. Berti gehörte zu den Typen, die zur Schule kommen, weil sie dorthin geschickt werden, und wenn du sprichst, schauen sie dir mit großen, genervten Augen auf den Mund. Jetzt, nackt und gebräunt, umarmte er seine Knie und lächelte unruhig. Wer weiß, kam mir da in den Sinn, vielleicht sind diese Jungs ja die Aufgewecktesten.

Als Doros Kopf schon fast am Ufer war, stand er

ruckartig auf und verabschiedete sich mit einem »Arrivederci.« Zwischen den Kabinen zeigten sich jetzt zunehmend weitere Badegäste, und mir schien, dass Berti einem Rock hinterherlief, der hinter den Kabinen verschwand. Aber da stieg auch schon Doro aus dem Wasser, triefend aalglatt, nach vorn gebeugt, wie beim Bergsteigen, und mit glänzendem Kopf unter der Schwimmhaube, die ihn ganz athletisch aussehen ließ. Er blieb leicht schwankend vor mir stehen und keuchte; unter dem Brustbein und den Rippen zitterte er noch vom Schwimmen. Unweigerlich musste ich an Guido und seine Worte vom Vorabend denken und konnte mir ein vages Lächeln nicht verkneifen. Doro riss sich die Haube vom Kopf und brummte: – Was ist los?

– Nichts, – antwortete ich. – Ich musste nur an diesen witzigen Guido denken, der immer dicker wird. Es lohnt sich schon, nicht zu heiraten!

– Wenn er jeden Morgen eine Stunde lang schwimmen würde, wäre er ein anderer, – sagte Doro und ließ sich mit den Knien in den Sand fallen.

Zu Mittag tauchte Berti dann wieder bei mir in der Trattoria auf. Die Jacke über die Schulter geworfen, darunter ein dunkelblaues ärmelloses Shirt, blieb er zwischen den Tischen stehen. Ich winkte ihm, herzukommen. Er kam auch gleich auf mich zu, wobei er sich von einem Nebentisch noch einen Stuhl schnappte, aber mein aufmerksamer Blick, mit dem ich ihm entgegensah, machte ihn ganz unsicher, denn er blieb abrupt stehen, als ihm die Jacke runterrutschte und er den Stuhl losließ, um sie wieder aufzuheben. Ich sagte ihm, er soll sich setzen.

Diesmal bot er mir gleich eine Zigarette an und begann sofort zu reden. Ohne zu antworten zündete ich meine Pfeife an. Ich ließ ihn sagen, was er wollte. Er erzählte mir, dass er aus familiären Gründen die Schule abbrechen musste, er aber noch keine Arbeit angenommen hatte – und nach dem neuerlichen Zusammentreffen mit mir hatte er jetzt begriffen, dass es viel intelligenter war, nicht als Schüler, sondern für seine eigenen Interessen, aus Freude an der Sache, zu studieren. Außerdem beneidete er mich und schon seit längerem war ihm aufgefallen, dass ich nicht nur ein Lehrer, sondern auch ein sympathischer Mensch war. Und er wollte noch über viele Dinge mit mir diskutieren.

– Zum Beispiel, – fragte ich zurück.

Zum Beispiel, antwortete er, warum konnte der Unterricht nicht mehr über unmittelbare Gespräche mit dem Lehrer laufen, und gerade vielleicht auch, indem man gemeinsame Spaziergänge unternahm. War es wirklich notwendig, seine Zeit zu verlieren im Schlepptau von drei oder vier Idioten, die eine ganze Klasse aufhalten?

– Ja richtig, du warst so lernbegierig, dass dir die Schule nicht mehr reichte und du Privatstunden nahmst.

Berti lächelte und sagte, das sei etwas anderes.

– Und es tut mir leid, – fuhr ich fort, – jetzt erfahren zu müssen, dass deine Eltern keine Millionäre sind. Warum hast du sie Geld für Privatstunden ausgeben lassen?

Wieder lächelte er, auf eine Art, die zugleich etwas Feminines und etwas Verächtliches hatte. Es sind die

Frauen, die auf diese Weise antworten. Das hat er bestimmt von einer Frau, sagte ich mir.

Berti begleitete mich ein Stück des Wegs – an diesem Tag war ein Ausflug mit den Freunden von Clelia geplant – und er sagte mir noch, er würde gut verstehen, dass ich ans Meer gekommen war, um mich zu erholen, und wollte mich auch nicht dazu drängen, ihm Privatstunden zu geben, aber er hoffte, dass ich zumindest ab und zu seine Gesellschaft tolerieren und am Strand mit ihm plaudern würde. Diesmal war ich es, der ihm ein Frauenlächeln zeigte und ihn mitten auf der Straße mit den Worten verabschiedete: – Gerne, wenn du wirklich allein bist.

Der Ausflug an diesem Tag – wir waren alle in Guidos Auto unterwegs – fand ein unglückliches Ende, denn eine der Frauen, eine gewisse Mara, mit Guido verwandt, rutschte beim Brombeerenpflücken einen Abhang hinab und kugelte sich eine Schulter aus. Wir waren die gewohnte Bergstraße hinaufgefahren, weit über unsere Nachtbar hinaus, hinaus auch über die letzten einsamen Häuser inmitten der Pinien und roten Felsen, bis auf das kleine Plateau, wo ich am selben Morgen die ersten Sonnenstrahlen aufglänzen gesehen hatte. Nachdem wir die Ärmste bis zur Straße hinauf transportiert hatten, war sofort klar, dass wir unmöglich alle im Auto Platz fanden. Guido, der äußerst besorgt war, wollte die stöhnende Mara der Länge nach auf die Kissen legen. Es blieb nur noch Platz für Clelia und zwei andere Mädchen, die Doro und mich vergnügt anschauten, und es endete damit, dass wir zwei zu Fuß zurückmussten. Nach etwa zweihundert Schritten erblickten wir dann das zweite der Mädchen auf einem Steinhaufen sitzend.

Schnell schloss Doro unsere Unterhaltung mit den Worten: – Da sieht man, was es heißt, ständig unter Frauen zu leben.

Dies Mädchen hatte auch noch das Auto verlassen müssen, um mehr Platz für Mara zu schaffen, die so sehr jammerte, dass sie sich wohl tatsächlich die Schulter gebrochen hatte. Und man hatte sie ausgewählt, weil sie die einzige Unverheiratete in der Clique war. – Wir anderen sind eben keine Frauen, – sagte sie uns schmollend. – Für Mara ist in diesem Jahr der Spaß vorbei. Sie bringen sie nach Genua zurück –. Sie schaute uns nur flüchtig an, während wir zusammen weitergingen. Doro hieß sie mit einem kleinen Lächeln willkommen. Sie sprachen ein wenig über Mara und fragten sich, wie ihr Mann die ganze Sache wohl aufnehmen würde, so ein tatkräftiger Mann, der sein Büro in Sestri nur am Sonntag verließ. – Er wird froh darüber sein, dass seine Frau sich die Schulter gebrochen hat, – sagte Doro. – So wird sie endlich einmal den Sommer gemeinsam mit ihm verbringen.

Das Mädchen – sie hieß Ginetta – lachte bissig auf. – Glauben Sie wirklich? – sagte sie und schleuderte ihm aus ihren grauen Augen einen bösen Blick direkt ins Gesicht. – Ich weiß, dass die Männer froh sind, wenn ihre Frauen weit entfernt sind. Das sind doch alles Egoisten –. Doro musste lachen. – Was du alles weißt, Ginetta. Ich wette, dass Mara in diesem Augenblick an etwas anderes denkt –. Darauf schaute er mich an. – Solche Sachen können auch nur junge Leute oder Ledige sagen.

– Ich sage nichts dazu –, brummelte ich.

Diese Ginetta war ein schönes Mädchen, die einen entschlossenen Gang hatte und die Angewohnheit, ihre Haarmähne schwungvoll zurückzuwerfen. Als sie noch etwas sagen wollte, kam ihr Doro zuvor.

– Wird Umberto dieses Jahr kommen?

– Die Junggesellen sind doch alle Heuchler, – erwiderte sie, um dann zu antworten: – Ich weiß es nicht.

– Du genießt alle Nachteile, Ginetta. Du heiratest einen Junggesellen, der dich jetzt bereits allein lässt. Was wird er dir noch alles antun?

Ginetta schaute halbernst vor sich hin und schüttelte den Kopf.

– Für gewöhnlich ist ein Ehemann zuvor Junggeselle gewesen, – merkte ich ruhig an. – Man muss ja irgendwomit anfangen.

Aber Ginetta sprach nur von Umberto. Sie erzählte uns, dass er schrieb, dass in der Nacht die Hyänen heulten und man dabei an jene Kinder denken musste, die nicht schlafen wollen. Liebe Ginetta, so sagte er ihr, falls unsere Kinder einmal solch einen Krawall machen, werde ich im Hotel schlafen. Dann sagte er ihr noch, dass der große Unterschied zwischen der Wüste und den zivilisierten Ländern darin bestand, dass man dort unten wegen des Lärms kein Auge zutat. – Was für ein Idiot, – lachte Ginetta. – Wir scherzen ständig miteinander.

Die Straßenkehren mit dem Aufblitzen des Meeres zwischen den Pinien versetzten mich zusammen mit den launigen Worten Ginettas in eine köstliche Stimmung, einen leichten Schwindel. Es war, als lockte uns das Meer zu sich hinunter. Auch Doro ging jetzt gelöster voran. Und bald schon war es Abend.

– Arme Mara, – sagte Ginetta. – Wann wird sie wieder schwimmen können?

An diesem Abend fanden wir den Sonnenschirm verlassen vor, der Strand bereits menschenleer. Ich ging zusammen mit Ginetta ins Wasser, und wie bei einem Wettkampf schwammen wir Seite an Seite, ohne zu wagen, uns in der Stille des leeren Meeres voneinander zu entfernen. Wortlos schwammen wir zurück und zwischen den Armstößen konnte ich in der Höhe den Küstenkamm mit den Pinien erkennen, von wo wir kurz vorher hinuntergestiegen waren. Dann spürten wir wieder Grund unter den Füßen; Ginetta stieg wie ein Fisch glänzend aus dem Wasser und ging zur Kabine. Doro rauchte seine Zigarette zu Ende, die er sich angezündet hatte, während er auf mich wartete.

Zusammen gingen wir dann zur Villa hinauf, wo Clelia sich schon vor uns eingefunden hatte. Beim gemeinsamen Abendessen erfuhr ich, dass Mara mit Guido nach Sestri zurückgekehrt war und wir für einige Tage allein bleiben würden, ohne Auto. Ich war sehr erfreut über diese Nachricht, denn ich liebte es, die Abende in Ruhe und mit angenehmem Plaudern zu verbringen.

– So eine Idiotin, – sagte Clelia. – Sie hätte auch bis zum Saisonende warten können, um sich den Arm zu brechen.

– Ginetta sagt, dass wir Männer die Egoisten sind, – merkte Doro an.

– Gefällt Ihnen Ginetta? – fragte mich Clelia.

– Sie ist ein sehr gesund aussehendes Mädchen, – antwortete ich. – Warum? Gibt es da noch mehr?

– Oh nein, nichts. Doro behauptet, dass ich ihr als Mädchen ähnelte.

Worauf ich mit der Sentenz erwiderte, dass sich alle Mädchen ähnlich sind, und dass man sie erst als Frauen beurteilen könnte.

Clelia hob die Schultern. – Wer weiß, was Sie über mich denken, –brummte sie.

– Dazu fehlen mir noch einige Elemente, – sagte ich. – Nur Doro könnte ein Urteil über Sie fällen.

Hier fing Doro ganz unerwartet zu scherzen an und sagte, dass ein verliebter Mann nicht mehr klarsehen kann und sein Urteil nicht zählt. Man glaubte Guido zu hören. Verblüfft starrte ich ihn an. Das Schöne war, dass Clelia ihn nicht weiter beachtete, wieder hob sie die Schultern und brummte vor sich hin, dass wir doch alle gleich seien.

Was geschieht hier? – rief ich lachend aus.

Nichts geschah, und Clelia begann mit kleinmütiger Stimme zu jammern, dass sie sich wie ein altes Wrack fühlte und Gänsehaut bekam, wenn sie an ihre Jugend dachte, oder mehr noch an ihre Kindheit, als sie Schülerin war und sie auf ihren ersten Ball ging und als sie zum ersten Mal lange Nylonstrümpfe angezogen hatte. Doro hörte gedankenversunken und kaum lächelnd zu. – Ich war ein zu braves Kind, – fuhr Clelia bekümmert fort. – Ich dachte, wenn Papa am nächsten Tag plötzlich arm wäre und die Küche in Flammen stünde, dass wir dann nichts mehr zu essen hätten. Im Garten hatte ich mir ein Versteck mit Nüssen und Trockenfeigen hergerichtet, und wartete darauf, dass wir arm werden würden, um Papa meine Vorräte anbieten zu können. Ich hätte zu Papa und Mama gesagt: »Seid nicht verzweifelt. Clelia hat an alles gedacht. Ihr habt sie bestraft, aber sie verzeiht euch jetzt, also tut das nicht mehr«. Wie dumm ich war.

– In dem Alter sind wir alle dumm, – sagte ich.

– Ich glaubte alles, was sie mir sagten. Ich traute mich nicht, meinen Kopf durch die Gitterstäbe des Gartentors zu stecken, denn es konnte ja jemand vorbeikommen und mir die Augen ausreißen. Dabei sah man vom Tor aus doch auch das Meer, und andere Vergnügen gab es nicht, weil sie mich immer eingesperrt hielten, und ich saß auf der Bank und lauschte den Passanten und Geräuschen draußen. Wenn im Hafen eine Sirene aufheulte, war ich glücklich.

– Warum erzählst du ihm das? – fragte Doro. – Um die Kindheitserinnerungen eines anderen zu ertragen, muss man in ihn verliebt sein.

– Aber er liebt mich ja, – erwiderte Clelia.

Wir plauderten noch lange in dieser Nacht, und dann gingen wir das Meer unter dem Sternenhimmel anschauen. Die Nacht war so klar, dass man die weißen Schaumkronen der Brandung unterhalb des Promenadengeländers sehen konnte. Ich sagte, dass ich mit all diesem Wasser im Grunde nicht viel anfangen konnte und dass das Meer auf mich wirkte, als würde ich unter einer Glasglocke leben. Dann beschrieb ich meinen Olivenbaum wie eine Mondpflanze, selbst wenn kein Mond da war. Clelia rief ausgelassen: – Wie schön! Gehen wir ihn anschauen.

Doch als wir den kleinen Platz überquerten, begegneten wir einigen Bekannten, und wir mussten die Geschichte von Mara erzählen, und während ein Wort das andere gab vergaß Clelia darüber ganz den Olivenbaum und alle kehrten zur Villa zurück, um Karten zu spielen. Etwas verärgert sagte ich, dass ich müde sei, und ließ sie ziehen.

Am anderen Ende des Platzes stieß ich auf Berti, der es nicht mehr schaffte, sich ins Dunkle zu flüchten. Ich ging geradewegs weiter und dann war er es, der mich ansprach.

– Was soll dieses Hinterherspionieren? – fragte ich.

Schon eine Stunde vorher hatte ich ihn unten vor der Villa gesehen und später war er ständig in einiger Entfernung von uns auf der Strandpromenade herumgeschwirrt. Zu deutlich war die weiße Jacke über seinem ärmellosen Shirt zu sehen gewesen. Er erwiderte nur – ermutigt durch die Dunkelheit – dass er von einem Unfall im Pinienwald gehört hatte und sich vergewissern wollte, was genau passiert war.

VI.

– ICH LEBE NOCH, wie du siehst, – sagte ich zu ihm. – War das nötig, mir den ganzen Abend hinterherzulaufen?

Er fragte mich, ob ich schlafen gehen würde. Wir blieben unter dem Olivenbaum stehen, der im Dunkeln ein schwarzer Fleck war. – Ich habe gehört, dass sich eine Frau umgebracht hat, – sagte Berti.

– Interessierst du dich jetzt auch für verheiratete Frauen?

Mit erhobenem Kinn schaute Berti zu meinem Fenster hinauf. Er drehte sich lebhaft um und sagte, dass Feriengäste nach einem Unfall beschließen können, abzureisen und er hatte gedacht, dass ich oder meine Freunde vielleicht schon weggefahren waren.

– Ist das eine Verwandte von Ihnen? – fragte er mich.

An diesem Abend begriff ich, dass er Clelia und Doro meinte, wenn er von meinen Freunden sprach. Dann fragte er mich noch, ob Mara eine Verwandte von ihnen war. Ich musste lächeln über den absurden Verdacht, er könnte an den dreißig Jahren von Mara interessiert sein. Ich fragte ihn, ob er sie kannte.

– Nein, – antwortete er. – Nur so.

Für den nächsten Tag verabredete ich mich mit ihm am Strand und scherzte über seine Idee einer gemeinsamen Lektüre mit mir. – Wenn du glaubst, dadurch Mädchen präsentiert zu bekommen, irrst du dich. Ich denke, das schaffst du auch allein.

Während ich rauchend am Fenster saß, ging mir in dieser Nacht noch einmal durch den Kopf, was Clelia mir anvertraut hatte, wobei mich der Gedanke, dass Ginetta mich niemals auf ähnliche Weise ins Vertrauen gezogen hätte, zugleich frustrierte. Ich spürte eine Schwermut in mir aufsteigen, die ich nur zu gut kannte. Dazu die Erinnerung an das Gespräch mit Guido und ich war vollends deprimiert. Zum Glück befand ich mich am Meer, wo die Tage nicht zählen. »Ich bin hier, um mich zu vergnügen«, sagte ich mir.

Am nächsten Tag saßen Doro und ich oben auf dem Felsen, während Clelia sich unter uns auf dem Rücken ausstreckte und sich die Augen bedeckte. Der Sonnenschirm stand einsam und verlassen im Sand. Wir sprachen erneut über Mara und kamen überein, dass ein Strand für Frauen gemacht ist und daneben allerhöchstens noch für Kinder. Fehlt ein Mann, so ist das allen gleichgültig; fehlt aber irgendeine Mara, so bricht gleich eine ganze Gruppe auseinander. – Schau, – sagte Doro, – diese Sonnenschirme sind wie Häuser: da stricken sie, essen, ziehen sich um, besuchen sich gegenseitig, und die wenigen Ehemänner stehen genau dort in der Sonne, wo ihre Frauen sie abgestellt haben. Das ist eine Republik der Frauen.

– Man könnte daraus schließen, dass sie es sind, die die Gesellschaft erfunden haben.

In diesem Augenblick erschien ein Schwimmer unter den Felsen. Sich an den Steinen festklammernd, streckte er den Kopf aus dem Wasser. Es war Berti.

Ich sagte nichts und beobachtete ihn nur. Vielleicht sah er mich gar nicht hier oben, wo ich war – wenn ich aus dem Wasser steige, sehe ich keine zwei Meter weit – jedenfalls verharrte er auf dem Wasser schaukelnd am Felsen. Auf der Höhe seiner Stirn, wenige Handbreit entfernt, lag Clelia bewegungslos auf dem Rücken ausgestreckt. Bertis Haare fielen ihm in triefenden Strähnen über die Augen und um sich festzuhalten, führte er mit den Händen Tentakelbewegungen aus, die noch etwas von unsicheren Schwimmbewegungen hatten. Dann löste er sich plötzlich wieder vom Felsen und schwamm auf dem Rücken um einen überfluteten Felsen herum bis zu dem Punkt zurück, wo der Sand zu einer steinigen Untiefe anstieg. Von dort rief er mir etwas zu. Ich winkte ihm grüßend zu und redete wieder weiter mit Doro.

Später dann, während Clelia aus ihrer Glückseligkeit wieder aufwachte und andere Mädchen und Bekannte dazukamen, ließ ich meine Blicke über den Strand schweifen und bemerkte Berti, der zwischen den Kabinen stehend eine Zeitung las. Es war nicht das erste Mal. Aber an diesem Morgen war es klar, dass er auf mich wartete. Ich winkte ihn mehrmals zu uns herüber. Schließlich faltete er seine Zeitung zusammen und setzte sich, ohne uns anzuschauen, in Bewegung. Vor unseren Felsen blieb er stehen. – Das ist der unternehmungslustige Typ, von dem ich dir erzählte, – sagte ich zu Doro. Er schaute zu ihm hin, lächelte und wandte sich wieder seinem Malkasten zu. Da musste ich doch zu Berti hinuntergehen und ihm etwas sagen.

Einen jungen Burschen in schwarzem Badeslip kommenden und gehenden Mädchen im Badeanzug und Herren im Bademantel vorzustellen, ist eine Sache mit wenig Folgen und im Ganzen entschuldbar. Aber Bertis ernste und genervte Miene dabei ärgerte mich: ich fühlte mich lächerlich und brummte ihn schroff an: – Hier kennen wir uns alle, – und da Ginetta gerade an uns vorbeikam, um ins Wasser zu gehen, rief ich ihr zu: – Warten Sie auf mich.

Als ich zum Ufer zurückkam – Ginetta blieb über eine Stunde lang im Wasser – sah ich ihn wieder zwischen unserem und dem benachbarten Sonnenschirm im Sand sitzen, seine Knie umfassend.

Ich ließ ihn, wo er war. Lieber unterhielt ich mich ein wenig mit Clelia, die in diesem Moment aus ihrer Kabine kam und einen weißen Bolero über ihren Badeanzug zog. Ich ging ihr entgegen und zum Spaß grüßten wir uns. Miteinander plaudernd gingen wir langsam zurück, und als ich sah, dass Berti hinter dem Sonnenschirm verschwunden war, fühlte ich mich gleich besser. Wir machten unseren gewohnten Strandspaziergang zwischen der Gischt und den im Sand umherliegenden, lauten Grüppchen.

– Ich war mit Ginetta baden, – sagte ich. – Wollen Sie nicht auch baden gehen?

Schon am ersten Tag hatte ich ihr aus Höflichkeit angedeutet, dass wir gemeinsam ins Wasser gehen könnten, aber Clelia war stehengeblieben und hatte mich mit einem undurchsichtigen Lächeln angeschaut. – Nein, nein, – hatte sie gesagt. Darauf hatte ich sie erstaunt angeschaut. – Nein, nein, ich gehe allein baden –. Da war nichts zu machen. Sie hatte mir erklärt, dass sie alles in aller Öffentlichkeit machte, aber mit dem Meer musste sie allein sein. – Aber das ist doch merkwürdig. – Ja, merkwürdig, aber so ist es einfach –. Sie konnte gut schwimmen, es war also nicht aus Verlegenheit. Es war ihre eigene Entscheidung. – Das Meer ist mir Gesellschaft genug. Da brauche ich niemanden sonst. Im Leben habe ich nichts nur für mich. Lassen Sie mir wenigstens das Meer –. Darauf schwamm sie fort ohne das Wasser zu bewegen und bei ihrer Rückkehr erwartete ich sie im Sand. Ich kam wieder auf das Thema zurück und Clelia hatte auf meinen Einspruch nur mit einem halben Lächeln geantwortet. – Auch nicht mit Doro? – fragte ich. – Auch nicht mit Doro.

Jetzt, an diesem Morgen, scherzten wir über ihr geheimnisvolles Baden und stiegen über Körper, lachten über dicke Bäuche und kritisierten die Frauen. – Wissen Sie, wer unter dem roten Sonnenschirm dort liegt? – fragte Clelia. Man konnte auf dem Liegestuhl eine knochige Nacktheit erkennen, die in einem Badeanzug aus zwei Teilen steckte, Büstenhalter und Höschen. Ihre Haut war zonenweise gebräunt; der freie Bauch zeigte den Abdruck eines früheren, normalen Badeanzugs. Die Fuß- und Fingernägel waren blutrot. An der Rückenlehne des Liegestuhls hing ein schönes Badetuch aus rosa Frottee. – Das ist die Freundin von Guido, – flüsterte Clelia lachend. – Er nimmt sie überallhin mit und hält sie versteckt, und jedes Mal, wenn er sie trifft, küsst er ihre Hand und macht ihr seine Aufwartung –. Darauf nahm sie meinen Arm und beugte sich näher zu mir: – Warum seid ihr Männer nur so vulgär? – Mir scheint, Guido hat alle möglichen Vorlieben, – erwiderte ich. – Und was Vulgaritäten betrifft, die hat er in Hülle und Fülle. – Aber nein, – sagte Clelia, – es ist diese Frau, die vulgär ist. Er, der Ärmste, ist ja nur verliebt in mich.

Ich fing an, ihr zu erklären, dass nichts an sich vulgär ist, und nur wir es sind, die mit unserer Art des Redens oder Denkens etwas zur Vulgarität machen, aber Clelia schaute schon woandershin und lachte über ein rotes Mützchen, das ein Kind auf dem Kopf trug.

So gingen wir weiter bis zum Ende des Strandes und blieben zum Rauchen auf den Felsen stehen. Dann kehrten wir benommen von der Sonne zurück und ich ließ meine zerstreuten Blicke mal hier- mal dorthin schweifen, als ich in der Nähe unseres Sonnenschirmes Berti entdeckte, der sich gerade entfernte – sein schwarzer Rücken, sein Badehöschen – und dabei aufgeregt auf eine kleine Frau in einem seltsamen, blumigen Negligé einredete, mit Stiletto-Sandalen und glänzenden, gepuderten Wangen. Im selben Augenblick rief Clelia mit hochgerecktem Arm etwas zu Doro hinüber, worauf die beiden sich gleich umdrehten – ganz hastig Berti, der sich gleich davonmachte, sobald er uns sah; eher ungeniert und spöttisch die Mieze, die Berti, ihn beim Namen rufend, mühsam hinterherstöckelte.

– Die Geisha, die dir hinterherlief, – fragte ich dann später Berti, als er zu mir in die Trattoria kam,

– war das zufällig auch die Frau, die du kürzlich mit aufs Zimmer genommen hast?

Berti, mit der Zigarette an der Lippe, lächelte gleichgültig.

– Ich sehe, dass du in bester Gesellschaft bist, – fuhr ich fort. – Warum dann noch nach einer anderen suchen? Zum Glück habe ich dich nicht diesen jungen Frauen vorgestellt.

Berti fixierte mich, so wie man es tut, wenn man vorgibt, an etwas zu denken. – Es ist nicht meine Schuld, – sagte er auf einmal, – wenn ich sie getroffen habe. Entschuldigen Sie mich bitte bei Ihren Freunden.

Ich wechselte das Thema und fragte ihn, ob seine Eltern von seinen Machenschaften wussten. Worauf er mit seinem üblichen vagen Lächeln leise antwortete, dass diese Frau mehr wert sei als viele Mädchen aus guter Familie, wie es im Übrigen bei allen Frauen wie ihr der Fall war, dass, wenn sie auch kein leichtes Leben hatten, das doch nur von Vorteil für die sogenannt ehrbaren Frauen war.

– Was soll das heißen?

– Die Männer gehen alle gern zu Prostituierten, toben sich bei ihnen aus, gehen den anderen Frauen nicht mehr auf die Nerven und respektieren sie somit umso mehr.

– Das mag schon sein, – sagte ich. – Aber warum machst du dich dann aus dem Staub, schämst du dich ihretwegen?

– Ich? – stammelte Berti. Es war etwas anderes, erklärte er mir: er empfand vielmehr Abscheu vor den Frauen und es machte ihn zornig, dass alle nur dafür leben. Die Frauen waren alle nur dumm und affektiert: das Schwärmen der Männer für sie machte sie nur umso unentbehrlicher; es würde reichen, sich einverständlich zusammenzutun und ihnen nicht mehr hinterherzulaufen, um ihnen allen ihre Überheblichkeit zu nehmen.

– Berti, Berti, – erwiderte ich ihm. – Du bist auch noch ein Heuchler.

Er sah mich überrascht an. – Sich einer Person bedienen, – fuhr ich fort, – und sie dann nicht einmal mehr grüßen, das geht überhaupt nicht. – Da sah ich, wie er lächelte und ostentativ seine Zigarette ausdrückte. Dann sagte er mit einer ruhigeren Stimme, dass nicht er diese Frau ausgenutzt hatte, sondern – jetzt lächelte er – dass diese Frau vielmehr ihn ausnutzte. Sie war allein, langweilte sich am Meer; und so waren sie einander am Strand begegnet – sie selbst war es, die mit Scherzen und Albereien angefangen hatte. – Sehen Sie, – sagte er mir. – Ich konnte ihr nicht nein sagen, weil sie mir leidtat. Sie trägt eine Tasche mit einem zerbrochenen Spiegel. Ich kann sie verstehen. Sie sucht nur Gesellschaft und will keine Piepen: sie sagt, am Meer arbeitet sie nicht. Aber sie ist gerissen. Wie alle Frauen, die eine Lächerlichkeit ausnutzen, um einen Mann in Verlegenheit zu bringen.

Durch die leeren Straßen von zwei Uhr Nachmittag kehrten wir zurück zur Pension. Ich war entschlossen, diesem Burschen keine Ratschläge mehr zu geben: er gehörte zu den Typen, die man einfach machen lassen muss, um zu sehen, wie weit sie gehen. Ich fragte ihn, ob er diese Frau, diese *Dame*, nicht vielleicht aus Turin mitgebracht hatte. – Sie sind ja völlig verrückt, – antwortete er mir barsch. Aber all seine Spontaneität verließ ihn, als ich ihn fragte, wer ihm bloß dazu geraten hatte, sich für Dinge zu entschuldigen, die die Leute gänzlich kalt ließen. – Wann? – stammelte er. – Hast du mich vorhin nicht darum gebeten, dich bei meinen Freunden zu entschuldigen? – sagte ich.

Er erklärte mir, dass es ihm vor mir und meinen Freunden unangenehm war, zusammen mit dieser Frau gesehen zu werden. – Es gibt Personen, – sagte er, – vor denen man sich schämt über seine eigene Lächerlichkeit. – Wer zum Beispiel? – Jetzt schwieg er einen Moment. – Ihre Freunde, – stammelte er zerstreut.

Er ließ mich unten an der Treppe zurück und entfernte sich wieder in der Sonne. Da sich Doro während dieser brütend heißen Stunden ausruhte, ich aber tagsüber nicht schlafen kann, hatte ich vorgetäuscht heimzukehren, nur um Berti loszuwerden. Und jetzt begann die tägliche Öde der heißen und leeren Stunden. Ich streifte wie immer im Dorf umher, aber es gab keinen Winkel mehr, den ich nicht schon gekannt hätte. Also schlug ich die Straße zur Villa ein, vom Wunsch getrieben, mit Clelia zu reden. Aber es war hoffnungslos früh und so setzte ich mich auf eine niedrige Grenzmauer hinter Bäumen, die gegen das Meer abstachen und sinnierte lange vor mich hin. Unter anderem kam mir zum ersten Mal der Gedanke, dass jemand, der Clelia nicht gut kannte und uns zusammen gehen und lachen sah, gesagt hätte, dass uns gewiss mehr als eine freundliche Bekanntschaft verband.

Ich fand Clelia im Garten auf einem Korbsessel im

Schatten ausgestreckt. Sie schien erfreut, mich zu sehen und fing gleich zu plaudern an. Sie erzählte mir, dass Doro es satthatte, immer wieder das Meer zu malen, und dass er damit aufhören wollte. Ich konnte mir ein Lächeln nicht verkneifen. – Da wird Ihr Guido aber froh sein, – sagte ich. – Warum? – So musste ich ihr erklären, dass Doro in Guidos Augen mehr ans Malen als an sie dachte und dass darin auch der Grund ihrer Streitigkeiten lag.

– Streitigkeiten? – fiel Clelia ein und zog die Augenbrauen zusammen.

Jetzt wurde ich ungeduldig. – Kommen Sie, Clelia, Sie wollen mir nicht ernsthaft weis machen, dass ihr euch nicht ein wenig gestritten habt. Erinnern Sie sich nur an den Abend, als Sie mich anflehten, ihm Gesellschaft zu leisten und ihn abzulenken …

Clelia hörte mir halbschmollend zu und schüttelte ablehnend den Kopf. – Ich habe nie etwas gesagt, – brummelte sie vor sich hin. – Ich kann mich nicht erinnern –. Dabei musste sie lächeln. – Ich will mich nicht daran erinnern. Und seien Sie nicht so rüpelhaft.

– Zum Teufel, – sagte ich. – Am ersten Tag meiner Ankunft hier. Wir kamen gerade von dem Ausflug zurück, wo man auf uns geschossen hatte …

– Phantastisch! – rief Clelia aus. – Und dann dieser weiße Typ, der Purzelbäume schlug?

Ich musste lächeln und Clelia sagte: – Ihr nehmt mich alle so wörtlich und erinnert euch genau an das, was ich sage. Und dann fragt ihr mich aus, wollt alles wissen –. Wieder schmollte sie. – Ich komme mir vor wie in der Schule.

– Was mich angeht … – brummte ich.

– Man darf sich niemals daran halten, was ich so rede. Ich rede und rede einfach, weil ich eine Zunge im Mund habe und weil ich nicht allein sein kann. Nehmen also auch Sie mich nicht so ernst, denn das lohnt sich nicht.

– Oh, Clelia, – sagte ich, – sind wir jetzt vielleicht lebensüberdrüssig?

– Aber nein, es ist alles so schön, – erwiderte sie lachend.

Dann sagte ich, ich würde den armen Doro nicht mehr verstehen. Warum wollte er mit dem Malen aufhören? Er war doch so gut darin.

Clelia wurde ganz nachdenklich und sagte, wäre sie nicht die gewesen, die sie war – ein verwöhntes Kind, das nichts zustande brachte – dann hätte sie das Meer gemalt, das sie doch so liebte und das fest zu ihr gehörte; und nicht nur das Meer, auch die Häuser, die Menschen, die steilen kleinen Treppen, ganz Genua. – So sehr liebe ich es, – schloss sie.

– Vielleicht ist Doro deswegen ausgerissen. Aus demselben Grund. Was er liebt, sind die Hügel.

– Das kann schon sein. Aber er sagt auch, dass seine Gegend nur schön in der Erinnerung daran ist. Ich könnte das nicht. Ich habe nichts anderes, das nur mir gehört.

So einander gegenübersitzend – zwischen uns der kleine Tisch – warteten wir auf Doro. Clelia erzählte mir weiter von ihren Mädchenjahren und scherzte ausgelassen über die Naivität ihres Lebens damals, über das geschlossene Milieu der Alten, die aus ihr eine Komtesse machen wollten, die sie sich zwischen drei Häusern wie einen Ball gegenseitig zuwarfen – einem Geschäft, einem Palazzo und einer Villa – und was ihr besonders gefiel, das waren die durch die ganze Stadt hindurch zu einem Dreieck vereinten Straßen. Der Palazzo des Onkels war ein alter Palazzo mit Fresken und Brokaten, verglast wie ein Museum, mit großen verbleiten Fenstern, der sich, von der Straße aus gesehen, über das Meer erhob. Als Kind, sagte Clelia, war es für sie ein Albtraum, in die Vorhalle einzutreten und den Nachmittag im grausigen Halbschatten der kleinen Säle zu verbringen. Jenseits des Daches war das Meer, die freie Luft, die belebte Straße; sie aber musste warten, bis die Mama und die alte Tante endlich fertig waren mit ihrem Geflüster; und ununterbrochen, von Langeweile gemartert, erhob sie die Augen zu den düsteren Gemälden, wo Schnauzbärte aufblitzten, Kardinalshüte und bleiche Wangen von alterslosen Püppchen.

– Sehen Sie nur wie dumm ich bin, – sagte Clelia, – als der Palazzo quasi uns gehörte, konnte ich ihn nicht ertragen; und jetzt, wo wir arm und ruiniert sind, würde ich alles geben, um ihn wiederzubekommen.

Bevor Doro auf dem Balkon erschien, erzählte mir Clelia noch, dass ihre Mutter nicht wollte, dass sie sich länger im Geschäft aufhielt, wo ihr Vater arbeitete, weil es nicht gut war, wenn ein Kind wie sie die Streitereien hinter dem Verkaufstisch mitbekommt und all die Schimpfwörter lernt. Aber das Geschäft war voll von Sachen und hatte all die glitzernden Vitrinen – die gleichen Dinge, von denen auch der Palazzo voll war – und da war ein ständiges Kommen und Gehen und Clelia war glücklich, den Papa so zufrieden zu sehen. Immer wieder fragte sie ihn, warum nicht auch die Gemälde und Lampen aus dem Palazzo verkauft wurden, auf diese Weise würden sie nicht in den Ruin geraten. – Ich war ein gescheites Kind, – erklärte sie mir lächelnd. – Nachts wachte ich mit der Schreckensvorstellung auf, dass Papa arm geworden wäre.

– Warum diese ganze Angst?

Darauf antwortete Clelia, dass sie in jenen Jahren ganz durchdrungen von Angst war. Die ersten Liebesgedanken erlebte sie vor einem Gemälde, das den Hl. Sebastian Märtyrer darstellte, ein nackter junger Mann, von geronnenem Blut bedeckt und ganz zerkratzt, mit in den Bauch eingepflanzten Pfeilen. Er hatte so traurige und verliebte Augen, dass sie sich schämte, ihn anzuschauen, und für sie bedeutete diese Szene die Liebe schlechthin.

– Warum erzähle ich Ihnen das alles, – sagte sie.

Wenig später erschien dann Doro auf dem Balkon, ganz damit beschäftigt, sich den Hals trockenzureiben. Er grüßte mich flüchtig und verschwand wieder im Haus. Ich fragte Clelia, ob sie jetzt anders über die Liebe denken würde.

– Natürlich, – antwortete sie mir.

VII.

Als ich nachts in meine Herberge zurückkam, setzte ich mich zum Rauchen ans Fenster. Man bildet sich ein, auf diese Weise die Meditation anzuregen, doch in Wahrheit verflüchtigen sich dabei die Gedanken nur wie Nebel, und man gerät allenfalls ins Phantasieren, was sich sehr vom Denken unterscheidet. Dagegen kommen die Geistesblitze und Entdeckungen völlig unerwartet: beim Essen, beim Schwimmen im Meer oder während man über etwas ganz anderes spricht. Doro kannte meine Eigenart, mitten im Gespräch für einen Augenblick wegzudriften, um mit dem inneren Auge einem unvorhergesehenen Gedankeneinfall zu folgen. Er selbst machte es genauso, und in der Vergangenheit waren wir viel gemeinsam gewandert, jeder still vor sich hin sinnierend. Aber jetzt schienen mir seine Stillemomente – wie auch die meinen – zerstreut, entrückt, kurzum befremdlich. Seit wenigen Tagen erst war ich am Meer, und es schien mir wie ein Jahrhundert. Dabei war nichts geschehen. Aber wenn ich in der Nacht zurückkam, war mir, als würde der durchlebte Tag

– der banale Tag am Strand – wer weiß was für eine Aufklärungsanstrengung von mir erwarten, um mich in ihm wiederfinden zu können.

Als ich am Tag nach Maras Unfall Freund Guido mit seinem verdammten Auto wiedersah, wurden mir in den wenigen Sekunden, die ich benötigte, um die Straße zu überqueren und ihm die Hand zu geben, mehr Dinge klar, als während einer ganzen nächtlichen Pfeifensitzung. Das heißt, ich erahnte, dass Clelias Vertraulichkeiten eine unbewusste Abwehr gegen die Vulgarität Guidos bedeuteten: ein im Übrigen äußerst wohlerzogener und galanter Mann. Guido saß am Steuer, gebräunt und rosig, und streckte seine Hand aus und fletschte zur Begrüßung die Zähne. Guido war reich und borniert. Clelia reagierte auf eine versteckte Weise auf ihn; sie nahm ihn ernst und ähnelte ihm. Wer weiß, wie es ausgegangen wäre, wenn Guido nicht zu lachen angefangen und mich nicht gezwungen hätte, zu reden. Ich stieg zu ihm ins Auto und er fuhr mich zum Café, wo zu dieser Stunde alle versammelt waren.

Während sie über Mara redeten, hing ich meinen Gedanken nach und fragte mich, ob Doro Clelias Gefühle des Bedauerns so verstand wie ich, und wie es sein konnte, dass es ihn nicht ärgerte, dass Clelia auch vor mir keine Geheimnisse hatte. Inzwischen waren auch sie eingetroffen und schon nach wenigen Worten sagte Guido zu Clelia, dass er während der Durchfahrt durch Genua an sie gedacht hatte. Clelia nannte ihn boshaft. Das war ein Scherz, aber es genügte, um in mir den Verdacht zu wecken, dass sie in der Vergangenheit schon dieselben Geheimnisse aus ihrer Kindheit auch Guido anvertraut hatte, und das ging mir gehörig auf den Geist.

Nach dem Abendessen folgte uns Guido zusammen mit Ginetta im Auto in die Villa nach. Während Doro und Guido über ihre Arbeit sprachen, hörte ich Clelia und Ginetta zu und musste nochmals an den Spruch von Doro denken, als wir den Berg hinabstiegen, dass es für einen, der ans Heiraten denkt, typisch ist, sich mehr als nur eine Frau zu halten. Aber war Ginetta überhaupt eine Frau? Ihr Schmolllächeln und ihr aufdringliches Beharren auf bestimmten Ansichten ließen sie eher wie eine geschlechtslose Halbwüchsige erscheinen. Ich verstand immer weniger, wie Clelia als Mädchen bloß dieser Ginetta ähneln konnte. Ginetta hatte etwas unterdrückt Görenhaftes, was manchmal aber ihrem ganzen Körper auch etwas Gelöstes gab. Sicherlich vertraute sie sich nicht ihren Freunden an, und doch gewann man den Eindruck, wenn man ihr beim Reden zusah, dass nichts in ihr verborgen blieb. Ihre grauen Augen, die sie ganz ungeziert öffnete, waren von einer luftigen Klarheit.

Sie sprachen über wer weiß welchen Skandal – ich erinnere mich nicht genau – aber ich erinnere mich, dass Ginetta ihn verteidigte und sich dabei an Doro wandte, indem sie ihn immer wieder unterbrach, und dass Clelia mit großer Sanftmut ständig wiederholte, dass es hier nicht um eine Frage der Moral, sondern des guten Geschmacks ging.

– Aber sie werden doch heiraten, – sagte Ginetta.

Das ist keine Lösung, erwiderte Clelia, heiraten ist eine Wahl, kein Allheilmittel, und eine Wahl, die mit Bedacht getroffen werden sollte.

– Zum Teufel, es wird schon eine Wahl sein, – schaltete sich Guido ein. – Nach all den Experimenten, die sie durchgespielt haben.

Ginetta lächelte jetzt nicht mehr und erwiderte, dass, wenn das Ziel der Ehe das Gründen einer Familie sei, dann sei es doch nur umso besser, gleich daran gedacht zu haben.

– Aber das Ziel ist nicht nur einfach die Familiengründung, – sagte Doro. – Ziel ist, ein geeignetes Ambiente dafür zu schaffen.

– Besser ein Kind ohne Ambiente, als ein Ambiente ohne Kinder, – beschloss Ginetta. Darauf errötete sie und traf meinen Blick. Clelia stand auf, um uns Likör zu servieren.

Dann spielten wir Karten. Zu später Nacht fuhr uns Guido nach Hause. Nachdem wir Ginetta vor der Garage abgesetzt hatten, gingen wir zu Fuß weiter Richtung Hotel. Ich wäre lieber allein gewesen, doch Guido, der den ganzen Abend lang nur wenig geredet und mit aggressiver Zerstreutheit Karten gespielt hatte, bat mich, ihn zu begleiten. Ich fragte ihn nach Mara. Eher lustlos erzählte er dann: Mara befand sich in guten Händen und außer Gefahr. Als wir vor seinem Hotel angekommen waren, ging er geradenwegs weiter.

Schweigend gelangten wir zur Einmündung meiner Gasse und ich tat so, als wollte ich stehenbleiben. Guido ging noch ein paar Schritte weiter, dann drehte er sich wie beiläufig um.

– Lassen Sie, man wartet schon auf Sie, – sagte er. – Kommen Sie, wir gehen noch bis zum Bahnhof.

Ich fragte, wer auf mich wartete, und Guido antwortete ungeniert, dass ich verdammt nochmal doch eine Begleitung bräuchte. – Ich habe niemanden, erwiderte ich. – Ich bin Junggeselle und allein.

Darauf brummelte Guido irgendetwas, und schließlich gingen wir wieder weiter.

Wer sollte auf mich warten, fragte ich von neuem. Der junge Kerl vom Strand vielleicht?

– Nein, nein, Professore, ich meinte eine Beziehung … eine Freundin.

– Warum? Haben Sie mich in Begleitung gesehen?

– Das meine ich nicht. Aber man muss sich doch mal abreagieren.

– Ich bin hier, um mich auszuruhen, – erklärte ich. – Und mein Abreagieren besteht darin, allein zu sein.

– Ja klar, – sagte Guido nachdenklich.

Auf dem kleinen Platz vor dem Café angelangt, fragte ich ihn dann: – Und Sie, haben Sie eine Freundin?

Guido hob den Kopf. – Ja, ich habe eine, – antwortete er aggressiv. – Ich habe eine. Nicht alle sind wir schließlich Heilige. Und sie kostet mich ein Vermögen.

– Dann halten Sie sie aber gut versteckt, Ingegnere – rief ich aus.

Guido lächelte selbstgefällig. – Genau das kostet ja ein Vermögen. Zwei Rechnungen, zwei Kabinen, zwei Tische. Glauben Sie mir, eine Geliebte ist die Frau, die am meisten kostet.

– Dann heiraten Sie doch, – sagte ich.

Guido entblößte wieder seine Goldzähne. – Das würde immer noch doppelte Ausgaben bedeuten. Sie kennen die Frauen nicht. Eine Freundin bleibt ruhig, solange sie auf mehr hoffen kann. Sie kann nur dabei gewinnen. Aber ein Pechvogel, der schon eine Frau hat, ist ihr völlig ausgeliefert.

– Dann heiraten Sie doch Ihre Freundin.

– Sie machen Witze. Das macht man höchstens, wenn man alt ist.

Vor seinem Hotel trennten wir uns, und ich versprach ihm, dass ich am nächsten Tag mit seiner Freundin Bekanntschaft schließen würde. Er drückte mir überschwänglich die Hand. Auf meinem Heimweg dachte ich an Berti und blickte um mich herum, aber diesmal war er nicht zu sehen.

Am nächsten Tag schrieb ich bis in den späten Morgen hinein, dann schlenderte ich durch die Straßen und ließ mir noch einmal die Gedanken vom Vorabend durch den Kopf gehen, die mir jetzt im Trubel und im klaren Licht des Tages farblos und unstimmig erschienen. Ich wollte am Strand ankommen, wenn alle schon da waren.

Doch am Eingang des Strandbades traf ich auf Guido, diesmal in braunem Bademantel, der mich sofort in Beschlag nahm und mich, wie vereinbart, zu dem bestimmten Sonnenschirm führte. Als wir da waren, rief er mit einem spontanen Lächeln aus: – Liebe Nina. Hast du gut geschlafen? Du erlaubst, – und er nannte ihr meinen Namen. Ich berührte die Finger dieser mageren Hand und zwischen den Sonnenreflexen und dem vorragenden Schirm sah ich vor allem ihre langen und sonnenverbrannten Beine, die in komplizierten Sandalen endeten. Sie erhob sich aus dem Liegestuhl, um sich hinzusetzen und schaute mich mit hartem, trockenem Blick an, so trocken wie ihre Stimme, die sie an Guido richtete.

Wir tauschten ein paar Höflichkeiten aus, und ich fragte sie nach ihren Badegewohnheiten; sie sagte mir, dass sie nur gegen Abend bei lauwarmem Wasser baden ging; mehrmals musste sie bei meinen Sprüchen kichern und reichte mir erneut die Hand, als ich mich verabschiedete, und ich solle doch wieder mal vorbeikommen. Guido blieb da.

Als ich zu den Felsen kam, sah ich Berti, an den Steinen sitzend, mit einer sechzehnjährigen Freundin Ginettas reden, was Doro, der zwischen den beiden im Sand lag, nicht weiter zu stören schien. Clelia war zu dieser Stunde im Meer.

VIII.

An einem dieser Morgen erklärte mir Doro, warum er die Malerei satthatte. Er hatte sich bei mir eingehakt und Schritt um Schritt hatten wir uns auf der steilen Küstenstraße vom Dorf entfernt.

– Wenn ich wieder jung wäre, – sagte er mir, – würde ich mich nur der Malerei widmen. Ich würde von Zuhause flüchten, die Tür zuschlagen, aber es wäre eine beschlossene Sache.

Dieses Ungestüme gefiel mir, und ich sagte ihm, dass er in diesem Fall jedoch Clelia nicht geheiratet hätte. Darauf erwiderte Doro lachend, dass dies das Einzige war, was er nicht falsch gemacht hatte. Clelia sei tatsächlich seine schönste Bestimmung. Doch was ihn eigentlich in Rage versetze, sagte er, das waren gar nicht diese dämlichen Bilder, die er in der Freizeit malte, sondern dass er den Elan und die Lust verloren hatte, mit mir über so viele andere Dinge zu reden, das ja.

– Welche Dinge?

Er musterte mich wild ohne den Blick abzuwenden und fuhr fort zu sagen, wenn ich es so sehen würde, dann wollte er sich nicht mehr beklagen, denn schließlich wurde ja auch ich älter, und offensichtlich ging es allen so.

– Schon möglich, – erwiderte ich, – aber wenn du die Lust zu reden verloren hast, so liegt das nicht an mir.

Ich merkte, wie genervt ich war und wie lächerlich die ganze Sache war, doch schwieg ich erst einmal und Doro ließ meinen Arm los. Ich schaute auf das Meer unter uns und mir ging ein Gedanke durch den Kopf: waren bei den Streitereien zwischen Clelia und ihm vielleicht ganz ähnliche Dummheiten im Spiel?

Aber da redete Doro bereits wieder ebenso unbekümmert weiter wie zuvor, und mir wurde klar, dass er nicht einmal bemerkt hatte, dass ich genervt war. Ich antwortete ihm in einem gleichgültigen Ton, doch mein innerer Groll wuchs jetzt zu einem regelrechten Zorn an.

– Du hast mir noch nicht erklärt, warum du mit Clelia gestritten hast, – sagte ich schließlich.

Doch Doro wich mir erneut aus. Zuerst wollte er nicht verstehen, worauf ich anspielte, dann schaute er mich schräg an und sagte: – Denkst du noch immer daran? Du bist wirklich stur. Das passiert doch alle Tage, wenn man verheiratet ist.

Am selben Tag sagte ich Clelia, die sich über einen langweiligen Roman beklagte, dass in solchen Fällen aber die Schuld beim Leser lag. Clelia blickte auf und lächelte. – Das passiert allen, – sagte sie. – Ihr kommt hierher, um euch zu erholen und dann werdet ihr pampig.

– Wer sind alle?

– Selbst Guido gehört dazu. Aber Guido hat wenigstens die Entschuldigung, dass seine Freundin ihn quält. Sie nicht.

Ich hob die Schultern und machte ein spöttisches Gesicht. Als ich ihr sagte, dass ich die Frau kennengelernt hatte, strahlte Clelia vor Vergnügen und drängte mich fast händeklatschend: – Erzählen Sie, erzählen Sie. Wie ist sie?

Ich wusste nur, dass Guido vage daran dachte, sie loszuwerden und sie beispielsweise an mich weiterzureichen. Ich sagte das in diesem ernsten Ton, der Clelia so gefiel, und es machte sie ganz glücklich. – Er beklagt sich, dass sie ihn zu viel kostet, – fügte ich hinzu. – Warum heiratet er sie nicht einfach?

– Das würde noch fehlen, – versetzte Clelia. – Aber sie ist dumm, diese Frau. Und doch schlau genug, sich wie eine Schachtel im Schrank halten zu lassen. Gefällt sie Ihnen?

– Bis jetzt habe ich nur ihre Beine gesehen. Wer ist sie? Eine Tänzerin?

– Eine Kassiererin, – antwortete Clelia. – Eine Hexe, die alle kannten in Genua, bevor Guido in ihre Krallen geriet.

– Sie ist also raffiniert.

– Bei Guido gehört nicht viel dazu, – lächelte Clelia.

– Ich glaube, sie spielt die Brave, nur um ihn besser einzufangen, – sagte ich. – Es ist ein gutes Zeichen, wenn eine Frau sich in einen Schrank stecken lässt. Das heißt, dass sie sich schon wie Zuhause fühlt.

– Wenn Sie glauben, das sei ein gutes Zeichen, – entgegnete Clelia leicht verdrießlich.

– Aber was kann er denn Besseres tun, als sie zu heiraten?

– Nein, bloß nicht, – empörte sich Clelia. – Dann würde ich ihn nicht mehr bei mir empfangen.

– Hätten Sie es lieber, wenn ein Rüpel wie er eine Clelia oder eine Ginetta heiratete? – Ich betrachtete sie flüchtig, wie sie reagierte, aber der Rüpel ging bei ihr durch. – Was für eine Ungerechtigkeit, – sagte Clelia, – dass ein Mädchen euch wehrlos ausgeliefert ist. Diese Frauen haben ganz recht, wenn sie euch auf den Arm nehmen.

An einem dieser Nachmittage kam Guido dann tatsächlich mich direkt in meiner Herberge besuchen. Auf einmal stand er verlegen lächelnd vor meiner Tür und sagte, er wollte mich keineswegs beim Lesen stören. Ich ließ ihn herein, meinerseits verlegen wegen meines kleinen Eisenbettes, und hieß ihn sich ans Fenster zu setzen. Doch er ging gleich wieder und bat mich, sich mit seiner Mütze Luft zufächelnd, ihn bei Doro und Clelia zu entschuldigen, denn er könne uns nicht mit dem Auto abholen, weil er eine Verabredung habe.

Am Strand zogen wir diesen Abend mächtig über Guido her. Am giftigsten waren die Mädchen, denen der übliche Ausflug viel bedeutete. Berti, der inzwischen akzeptiert war und sich frei unter uns bewegte, schien als Einziger gleichgültig zu sein. Ich hörte ihn, wie er zu Ginetta sagte, dass man schließlich zum Baden ans Meer kam und nicht, um auf Wallfahrt zu gehen.

– Also, – sprach ich ihn an und setzte mich neben ihn in den Sand, – denkst du nicht mehr an unsere Lesungen?

– Doch, gern, – erwiderte er.

– Vielleicht ja zusammen mit diesen Mädchen.

Er sah mich beleidigt an. – Ich? – versetzte er. Tatsächlich sah er ziemlich genervt aus wie er da am Felsen saß. Und als ich ihn zuvor mit den Mädchen gesehen hatte, ging er eher widerwillig und herablassend mit ihnen um.

– Du willst mir jetzt nicht sagen, dass auch wir dich anwidern. Schließlich hast du dich an uns rangemacht.

Berti lächelte. Jetzt ging Ginetta an uns vorbei, sich zum Schwimmen die Badehaube zurechtziehend. Aus meiner sitzenden Position erschien sie mir in ihrem langsamen Gang, während sie sich die Ohren bedeckte, größer und weiblicher. Berti schaute auf seine Knie und brummte vor sich hin: – Die gehen mir auf die Nerven. Wer versteht noch, was das ist, ein Mädchen.

Nun tauchte auch Doro vor uns auf und machte Anstalten, sich auf den Boden fallen zu lassen. – Das ist der Student, – sagte ich und stellte sie beide einander vor. Beide auf den Knien, berührten sie sich flüchtig mit der Hand.

Dann begann Doro mit mir über wer weiß was zu plaudern, in jenem seltsam schroffen Ton, der uns in der Studentenzeit so eigen war. Es war klar, dass Berti dabei keine Rolle spielte. Zur einen Seite hörte ich Doro zu, zur anderen behielt ich meinen Jüngling im Auge.

Der fragte dann ohne Umschweife: – Werden Sie lange bleiben, Ingegnere?

Doro schaute uns schräg an und antwortete nicht. Berti wartete ab, obwohl sonnenverbrannt, ganz rot im Gesicht. Nach einer langen Schweigepause sagte ich schließlich, dass ich gegen Ende August wieder heimfahren würde. Aber Doro schwieg beharrlich weiter. Alle drei schauten wir aufs Wasser, in das Ginetta gerade hineinging und aus dem unerwartet jetzt Clelia auftauchte. Wir ließen sie näherkommen und ich wusste nicht, ob ich lächeln sollte. Sie verzog das Gesicht, weil sie mit einem Fuß auf dem glatten Kiesel ausrutschte.

– Geht ruhig schwimmen, das Meer gehört Euch, – rief sie uns mit der entsprechenden Geste zu, während sie sich Richtung Sonnenschirm bewegte. Jetzt war Doro aufgestanden. – Gehen wir ein paar Schritte, – sagte er zu mir. Ich erhob mich meinerseits, ohne genauer nach Berti zu sehen, der weiter mit stoischer Miene den Horizont fixierte.

Später saßen wir dann erfrischt und ausgeruht um den Sonnenschirm herum, Clelia rauchte eine Zigarette und ich meine Pfeife.

– Wer weiß, wo Berti hin ist, – sagte ich. Doro bewegte sich nicht. Zwischen uns ausgestreckt schaute er zum Himmel. – Ihr seid wirklich Freunde, – sagte Clelia, – unzertrennlich. – Ich spiele den Paravent gegenüber seinen Liebschaften, – versetzte ich. – Es gibt eine Frau, die sonst eifersüchtig werden könnte.

Diese Geschichten gefielen Clelia und ich musste ihr die ganze Angelegenheit erzählen und auch die Diskussion in der Trattoria. Doro sagte nichts dazu und schaute weiter zum Himmel hinauf.

IX.

In der Trattoria traf ich dann Berti, mürrisch gelaunt, wieder. Sichtlich gelangweilt trat er ein und sagte mir, dass er nachmittags zu mir kommen wollte, um mit mir etwas zu lesen.

– Gefallen dir die Mädchen nicht mehr? – fragte ich.

– Welche? … Ich hasse sie, – antwortete er.

– Du willst mir aber jetzt nicht sagen, dass du die Gesellschaft des Ingegnere suchst?

Er fragte mich, ob Doro wirklich mein Freund war. Und ich antwortete ihm, dass er und seine Frau in der Tat meine besten Freunde waren.

– Seine Frau?

Er wusste nicht, dass Clelia die Frau Doros war. Seine Augen funkelten. – Wirklich? – fragte er nach und ließ seine Augen sinken, mit diesem ungerührten Ausdruck von Verdruss, mit dem er ernst wirken wollte. – Was hast du denn geglaubt? – brummelte ich. – Dass sie eine Tänzerin ist?

Berti nestelte an der Tischdecke und ließ mich reden. Dann blickte er mit zwei glänzenden, treuherzigen Augen, kurz, seinen Kinderaugen, mir direkt ins Gesicht und fragte mich erneut, ob er an diesem Nachmittag zu mir kommen könne.

– Es wird wohl niemand anders zu Ihnen kommen? – sagte er. Offensichtlich dachte er an Clelia.

– Was ist los? – fragte ich zurück. – Du hasst die Frauen und wirst rot, sobald du nur an sie denkst?

Berti antwortete irgendein dummes Zeug und dann schwiegen wir, bis wir schließlich aufbrachen. Unterwegs auf der Straße war er eher wortkarg, doch auf meine Fragen redete er so lebhaft drauflos, dass schon ein Gedanke dahinterstecken musste. Unter dem Olivenbaum blieb ich einen Moment stehen, um kurz mit der Hauswirtin zu reden, während er unten an der Außentreppe wartete und den glatten Stein des Geländers betrachtete und streichelte, mit einem zugleich sanften und verächtlichen Lächeln auf den Lippen. – Geh hinauf, – sagte ich zu ihm, als ich ihm folgte.

Oben angelangt, ging er zum Fenster, lehnte sich mit dem Rücken dagegen und beobachtete, wie ich mich im Zimmer bewegte.

– Professore, ich fühle mich richtig wohl, – platzte er mit einem Mal heraus, während ich ihm den Rücken zukehrte und mir den Mund ausspülte.

Ich fragte ihn warum, und er antwortete mir mit einer Geste wie um zu sagen: »Einfach so.«

Auch diesen Nachmittag kamen wir nicht zum Lesen. Dagegen fing er an, mir zu erklären, dass ihn immer wieder eine Lust zu arbeiten überkommt, eine regelrechte Gier, etwas zu tun, nicht so sehr zu studieren, als vielmehr eine verantwortungsvolle und anstrengende Stellung einzunehmen, in die man sich Tag und Nacht voll hineinkniet, um ein fertiger Mann wie wir, wie ich, zu werden. – Also an die Arbeit, – sagte ich ihm. – Du bist jung, wenn ich an deiner Stelle wäre – ... Darauf erwiderte er, er würde nicht verstehen, warum die Leute derart die Jugend verherrlichten: er wäre gern schon dreißig Jahre alt – womit schon viel gewonnen wäre – die Jahre bis dahin seien nur bescheuert.

– Aber alle Jahre sind doch bescheuert. Erst wenn sie vergangen sind, werden sie interessant.

Nein, entgegnete Berti, er fand wirklich nichts Interessantes an seinen fünfzehn oder seinen siebzehn Jahren; er war froh, die hinter sich zu haben.

Das Schöne an seinem Alter war, erklärte ich ihm, dass die Dummheiten dabei nicht zählten, und zwar genau aus dem Grund, der ihm so missfiel: dass er und seinesgleichen eben nur als junge Burschen betrachtet wurden.

Er sah mich lächelnd an.

– Dann sind das also keine Dummheiten, was ich mache?

– Je nachdem, – erwiderte ich. – Wenn du die Frauen meiner Freunde nervst, dann ist das sicherlich eine Dummheit, dazu eine rüpelhafte.

– Ich nerve niemanden, – protestierte er.

– Man wird sehen.

Im Folgenden gestand er mir noch, dass er naiverweise geglaubt hatte, dass Clelia die Freundin meines Freundes wäre, und zu erfahren, dass sie dagegen vielmehr seine Frau war, das hatte ihm sehr gefallen, denn es machte ihn wütend, wenn die Frauen, unter dem Vorwand, sie seien eben Frauen, sich an den ersten Dahergelaufenen verkauften. – Es gibt Tage, wo die Welt und das Leben mir wie ein riesiges Bordell vorkommen.

In diesem Augenblick wurde er von einer schrillen Stimme unterbrochen, die ich gut kannte, es war die Stimme einer aufgebrachten Frau, die von der Straße heraufscholl und die auf jene unserer Hauswirtin antwortete. Wir sahen uns an. Berti schwieg und senkte die Augen. Es war klar, das war die Frau vom Strand, seine Geliebte zum Vergnügen. Berti rührte sich nicht.

Die Hauswirtin rief: – Ich habe keine Ahnung, er ist nicht da –. Die andere brüllte unflätig auf sie ein, noch niemand hätte sie so respektlos behandelt und es genüge nicht, sich das Gesicht mit Weihwasser zu waschen.

Als sie verstummten und die eine sich wieder entfernte, wartete ich darauf, dass Berti etwas sagen würde, doch Berti schaute nur zerstreut und mit verhärtetem Gesicht in die Luft und blieb stumm.

Als er ging, sagte ich ihm noch, er solle dafür sorgen, dass so etwas nicht wieder vorkommt. Damit war die Sache beendet und ich schloss die Tür hinter ihm.

An diesem Abend kam er nicht zu unseren Felsen. Dafür kam Guido, der sich den Schweiß abwischte. Clelia fragte ihn mokant, wann wir wieder einmal zum Tanzen dort oben hinauffahren würden.

– Hast du gehört? – sagte er zu Doro. – Deine Frau hat Lust zu tanzen.

– Ich nicht, – erwiderte Doro.

Clelia war dabei, mir von einer kleinen Loggia jenes alten Palazzo ihres Onkels zu erzählen, die ihr an diesem Abend in den Sinn gekommen war und wo sie jetzt gerne sein würde. Guido hörte ihr eine Weile zu, dann sagte er, dass ich genau der Richtige wäre, um diese Stimmen der Vergangenheit wertzuschätzen.

Clelia lächelte verdutzt und antwortete ihm, dass sie sich die Reden zur Gegenwart vielmehr von ihm erwartete. Wir schauten Guido an, der mit einem Auge zwinkerte – was wohl mir galt – und dann zu Clelia hin erwiderte, sie solle uns doch wenigstens etwas Interessantes erzählen – der erste Tanz zum Beispiel – der erste Tanz einer Frau ist doch immer voller Überraschungen.

– Nein, nein, – sagte Clelia, – wir wollen vielmehr etwas über *Ihren* ersten Tanz hören. Oder auch über den letzten, den von gestern Abend.

Doro stand auf und sagte: – Haltet euch etwas zurück. Ich gehe schwimmen.

– Stimmt ja, – versetzte ich. – Immer spricht man über den ersten Tanz bei den Mädchen. Und was ist mit den Jungs? Was passiert mit den künftigen Guidos wenn sie zum ersten Mal ein Mädchen umarmen?

– Es gibt kein erstes Mal, – entgegnete Clelia. – Die künftigen Guidos haben nicht zu einem bestimmten Zeitpunkt damit angefangen. Sie taten es schon, bevor sie überhaupt geboren wurden.

In dem Ton ging es weiter bis Doro zurückkam. Clelia gefielen diese aggressiven Scherzereien, die sie gern mit verführerischen Andeutungen untermischte, eine Verschlagenheit, die – hier täusche ich mich vielleicht – Guido nicht immer bemerkte. Oder besser, er schien sie hinzunehmen, während er mit seinen Gedanken ganz woanders war, aber die verächtliche Gefälligkeit mit der er dieses Spiel mitspielte, darüber musste ich lächeln.

Ich sagte: – Ihr seht aus wie Ehemann und Ehefrau.

– Sie Schurke, – erwiderte Clelia.

– Mit einer Frau wie Clelia, kann man da anders als scherzen? – antwortete Guido.

– Es gibt nur einen einzigen Mann, mit dem sie nicht scherzt, – sagte ich meinerseits.

– Natürlich, – versetzte Clelia.

Mit den letzten Sonnenstrahlen kam jetzt Doro zurück und warf sich in den Sand. Nach einer Weile stand Guido auf und sagte, er würde zur Bar gehen. Er entfernte sich inmitten der geschlossenen Sonnenschirme und des Geschiebes und Gestoßes des abendlichen Kommens und Gehens. Etwas weiter begrüßten Ginetta und andere Jugend kreischend ein ankommendes Boot. Wir drei dagegen schwiegen; ich hörte dem dumpfen Wasserplatschen und dem gedämpften Stimmengewirr zu.

– Wissen Sie, Clelia, – sagte ich auf einmal, – dass mein Student beschlossen hat, sein Leben zu ändern, nachdem er Sie gesehen hat?

Doro hob den Kopf. Clelia riss die Augen auf.

– Er hat seiner Geliebten den Laufpass gegeben und macht alle Frauen schlecht. Das ist ein untrügliches Zeichen.

– Danke, – murmelte Clelia.

Doro streckte sich wieder aus. – Da Doro jetzt

anwesend ist, – fuhr ich fort, – kann ich es ja auch sagen. Er ist in Sie verliebt.

Clelia lächelte reglos. – Es tut mir leid um diese … Kann ich nichts tun?

Ich konnte nicht anders als lächeln.

– Dabei gibt es so viele Mädchen, die nur darauf warten, – sagte Clelia, – das ist wirklich blöd.

– Aber warum? – erwiderte ich. – Er ist doch glücklich. Glücklicher als wir. Sie sollten ihn sehen, wenn er verträumt die Bäume streichelt.

– Wenn Sie es so sehen, – antwortete Clelia.

Doro drehte sich im Sand um. – Hört doch auf damit, –sagte er.

Wir sagten ihm, er solle still sein, das gehe ihn nichts an. Clelia betrachtete einen Moment wortlos den Sand. – Aber ist das wirklich wahr? – fragte sie plötzlich.

Lachend beruhigte ich sie. – Was findet er an mir, dieser Idiot, – fuhr sie fort und sah mich misstrauisch dabei an. – Ihr seid doch alle Idioten, – fügte sie hinzu.

Ich wiederholte, dass mein Student glücklich war und fertig, und dass ich meinerseits unter diesen Bedingungen akzeptiert hätte, ein Idiot zu sein.

Da lächelte Clelia und sagte: – Es ist wahr. Das ist so wie damals, als ich auf der Loggia war und ich, anstatt zu lernen, die Passanten mit Papierkugeln bewarf. Einmal blieb unten ein Herr stehen und jagte mir gehörig Angst ein. Er wollte wissen, was ich ihm geschrieben hatte. Dabei war es nichts als eine Lateinaufgabe.

Doro lachte los, ausgestreckt mit dem Gesicht zum Sand daliegend.

– Und dieser Herr, das war Guido, – sagte ich.

Clelia pflanzte mir ihre Augen voll ins Gesicht. Was ich bloß gegen Guido hätte, fragte sie mich. Ich fühlte mich ganz schlecht. – Ich kenne ihn einfach, – antwortete ich.

– Guido macht solche Sachen nicht, – sagte Clelia. – Guido hat Respekt vor Frauen.

X.

GUIDO LUD MICH sehr behutsam ein, an einem Abend wieder mit dem Auto dort oben hinaufzufahren. – Nina wird auch da sein. Das ist Ihnen doch recht, oder? – Dabei schaute er sich verstohlen nach Berti um, der ein paar Schritte zurückgeblieben war und warf mir einen fragenden Blick zu. Ich bat ihn, auch Berti mitzunehmen, der ja ein aufgeweckter Junge sei und dazu noch tanzen konnte, was meine Fertigkeiten weit überstieg. Guido zog seine Brauen hoch und erwiderte: – Ja, sicher –. So stellte ich sie einander vor.

Es wurde ein schweigsamer Abend. Berti hatte geglaubt, Clelia vorzufinden und musste stattdessen mit Nina tanzen, die ihn nur verächtlich anschaute, was ihm ganz die Sprache verschlug; wir blieben schweigend am Tisch sitzen und folgten den Tanzenden mit den Augen. Es war nicht so, dass Guido unbedingt Nina loswerden wollte: was er achtlos dazu sagte, schien mir eher ein Herzausschütten zu sein: – Ich bin in einem Alter, Professore, wo man nicht einfach sein Leben umkrempeln kann, aber wenn

Nina Ablenkung suchen wollte, ein anderes Milieu oder eine andere Gesellschaft, die ihr zusagt, dann würde ich das Ganze mit einem wohlwollenden Auge betrachten.

– Das braucht man ihr nur zu sagen.

– Nein, – entgegnete Guido. – Sie fühlt sich doch einsam. Verstehen Sie, ein Mann hat Freunde, Beziehungen, die er pflegen muss. Er kann ihr nicht immer seine Zeit widmen.

– Könnte da nicht eine offene Aussprache abhelfen? – schlug ich vor.

– Mit anderen Frauen, ja, aber nicht mit ihr. Eine Freundin, eine alte Freundin, Sie verstehen … eine anspruchsvolle Frau, sehen Sie, was ich meine?

Dann tanzte Nina einige Tänze mit ihm, während Berti an unserem Tisch Zigaretten rauchte und umherschaute. Er fragte mich, ob diese Frau mit Guido verheiratet war.

– Die nicht, – antwortete ich ihm. – Sie gehört zu der Welt, die du dir gerne vorstellst. Nach wem suchst du?

– Nach niemandem.

– Meine Freunde werden nicht kommen. Solange diese Frau hier ist, kommen sie nicht.

In dieser Nacht fragte ich ihn auf den Stufen unter dem Olivenbaum, ob Nina ihm gefiel, und als er sein Gesicht verzog, gab ich ihm zurück, dass er auch Guido einen Riesengefallen gemacht hätte, wenn er sie ein wenig unterhalten hätte. – Aber wenn er sie satthat, warum macht er dann nicht Schluss mit ihr? – fragte er. – Versuch mal ihn selbst zu fragen, – antwortete ich.

Berti fragte ihn nicht danach, stattdessen ging er am folgenden Abend, nachdem er nebenbei aufgeschnappt hatte, dass wir zusammen mit Clelia und Guido wieder zum Tanzen hinauffahren würden, vorweg zu Fuß hinauf – ich weiß nicht einmal, ob er zu Abend aß. Als wir uns bei unserer Ankunft durch die Tische hindurch schlängelten, sahen wir ihn hinten im Saal sitzen. Aber er rührte sich nicht.

Wie zufällig war Ginetta diesmal nicht in unserer Gruppe dabei. Für mich, der inzwischen glaubte, seine Gedanken lesen zu können, war klar, dass er auf Ginetta gezählt hatte, um mit ihr den ersten Tanz zu beginnen. Guido, ganz aufgemuntert durch diesen Abend in Freiheit, schaute zufrieden umher und gab ihm ein flüchtiges Zeichen. Jetzt stand Berti auf und kam zu uns. Ich starrte auf den Boden: Ich bin ein Feigling. – Wie geht es der Signora? – fragte Berti.

Die allgemeine Verwunderung wurde nur durch ein unbändiges Kichern Clelias unterbrochen. Dann antwortete Guido: – Uns geht es allen gut, – in einem Ton und mit einer vagen Geste, wozu wir alle lächeln mussten, außer Berti, der ganz rot wurde. Er sah uns einen Moment lang unbewegt an, dann konnte ich nicht widerstehen und sagte mit einem Seitenblick auf Clelia: – Das ist der bereits allseits bekannte Berti –. Doro gab ihm mit gelangweilter Miene ein Zeichen, sich zu setzen und brummelte: – Bleiben Sie bei uns.

Natürlich musste ich mich jetzt um ihn kümmern. Auf der Stuhlkante sitzend schaute Berti uns wie nebenbei geduldig zu. Ich fragte ihn, was er so ganz allein hier oben machte, aber Berti antwortete nur mit einer Grimasse, plötzlich aufschreckend als wäre er in die Musik vertieft gewesen. – Mein Freund sagt mir, Sie haben Ihre Studien aufgegeben, – sagte Doro unvermittelt. – Was machen Sie? Arbeiten Sie?

– Ich bin arbeitslos, – antwortete Berti ziemlich heftig.

– Mein Freund sagt, Sie amüsieren sich, – fuhr Doro fort, ohne ihm zuzuhören. – Sind Sie in Begleitung?

Berti antwortete mit einem einfachen Nein. Wir schwiegen alle. Clelia, halb der Tanzband zugewandt, drehte den Kopf um und sagte: – Tanzen Sie, Berti?

Ich war ihr dankbar für diesen Satz. Berti konnte sie jetzt direkt anschauen und ihr zunicken. – Schade, dass Ginetta und Luisella nicht gekommen sind, – sagte Clelia. – Sie kennen sie doch, nicht wahr? – Ohne die Augen von ihr zu lassen, antwortete Berti, dass er sie kannte. – Und ich, wollen Sie nicht mit mir tanzen? – fragte Clelia.

Niemand von uns sagte etwas, während sie sich entfernten. Guido beugte sich zum Boden, um einen Teelöffel aufzuheben und im selben Augenblick trafen meine Augen auf die Doros. Ich glaube, er konnte mir vom Gesicht meine Besorgnis ablesen, denn als ich gerade verlegen woandershin schauen wollte, sah ich, wie er die Brauen hochzog und schmunzelte.

– Was ist los? – fragte Guido, während er sich erhob.

Clelia und Berti waren fast sofort wieder zurückgekehrt. Ich weiß nicht, ob die Band kürzer als gewöhnlich gespielt hatte oder ob ich durch meine

Unruhe zerstreut gewesen war. Sie kamen jedenfalls zurück und Clelia sagte etwas, was sie auch beim Aussteigen aus einem Taxi hätte sagen können, ich erinnere mich nicht genau. Berti folgte ihr wie ein Schatten.

Im Laufe des Abends tanzten sie noch ein weiteres Mal zusammen. Ich glaube, es war Clelia, die ihn mit einem Blick dazu ermuntert hatte. Berti stand ohne ein Wort zu sagen auf und wartete, sie kaum anschauend, bis Clelia ihm nachfolgte. In den Tanzpausen, wenn ich mal mit Doro mal mit Guido zusammen am Tisch saß, geschah es, dass einer von uns Berti ansprach, worauf er einsilbig und gönnerhaft antwortete. Guido tanzte viel mit Clelia und kehrte jedesmal mit ganz lebhaften Augen an den Tisch zurück. Für eine Weile blieben wir dann alle um den Tisch versammelt sitzen und plauderten. Berti versuchte, Clelia nicht zu sehr anzusehen und schien sich eher gelangweilt in die Musik zu vertiefen. Er sagte kein Wort. Schließlich fragte Guido ihn:

– Haben Sie dieses Jahr Nachprüfungen?

– Nein, – murmelte Berti ruhig.

– Sie haben nämlich ein Prüfungsgesicht und nicht das einer gebildeten Person.

Berti setzte ein dämliches Lächeln auf. Auch Clelia musste lächeln. Doro blieb reglos. Die Sekunden verstrichen und niemand sagte ein Wort. Guido sah uns schräg an und brummte dann noch irgendetwas. Die verächtliche Miene, die er Berti dabei zeigte, war zutiefst beleidigend. Als wollte er sagen: »So, das wäre erledigt. Denken wir nicht mehr daran.«

Berti sagte nichts. Er lächelte noch immer vage.

Auf einmal sagte Clelia: – Wollen Sie tanzen? – Ich hob den Kopf. Berti war bereits aufgestanden.

Clelia kam allein zum Tisch zurück und winkte dabei noch jemandem gelassen zu, den sie kannte. Sie setzte sich mit einem Ausdruck der Erschöpfung, nahezu schmollend, wieder hin und brummelte, ohne uns anzusehen: – Ich hoffe, ihr seid jetzt etwas unterhaltsamer –. In diesem Augenblick traten andere Freunde aus dem Halbschatten hervor und heiterten die Stimmung auf.

Auf der Rückfahrt im Auto antwortete Clelia auf mein vorsichtiges Nachfragen hin, dass Berti während des Tanzens kein einziges Wort gesagt hätte. Guido dagegen hatte noch eine Menge zu sagen, als wir, schließlich unter uns, noch auf ein letztes Glas in unsere Bar gingen. Er erklärte mir, dass er die jungen Leute nicht ertragen konnte und es nicht zulassen würde, wenn sie so tun, als könnten sie ihm eine Lektion erteilen. – Aber auch sie müssen irgendwie leben, – sagte ich, – und aus der Erfahrung lernen. – Zuerst sollen sie mal so viele Erfahrungen machen wie wir, – entgegnete Guido starrsinnig.

In der Bar wartete bereits Nina auf ihn. Ich hatte es geahnt. Sie saß an einem niedrigen kleinen Tisch, das Kinn auf die Hand gestützt, und blickte dem Rauch ihrer Zigarette nach. Sie winkte uns zu, und während Guido etwas an der Theke bestellte, fragte sie mich mit ihrer rauen und modulierten Stimme, ohne ihre Hand wegzunehmen, warum ich mich nicht öfter sehen ließ.

– Und gestern Abend? – sagte ich.

– Sie tanzen nicht, Sie legen sich nicht in die Sonne, Sie essen allein, warum kommen Sie nicht mit uns? Oh ja, die Freunde von Guido, was hat diese Frau nur, dass Ihr alle so hingerissen von ihr seid? Sie wollen mir nicht sagen, dass Sie am liebsten mit dem Ingegnere verkehren.

– Ich sage gar nichts, – stammelte ich.

Die Nacht war so mild, dass es schade war, heimzukehren. Wer weiß, ob Berti nicht unten an der Treppe auf mich wartete. Aber wahrscheinlich hatte er sich an den Strand gesetzt, um seine Kränkung auszukosten. Ich hätte ihn jetzt keinesfalls treffen wollen. Als ich zurück in meinem Zimmer war, blieb ich lange Zeit am Fenster.

Am nächsten Tag rief mich Berti von der Straße. Unsere Gasse lag noch ganz im Schatten. Er rief mir zu, ob ich nicht mit ihm zum Schwimmen ans Meer kommen wollte. Für einen Moment sagte er nichts mehr, dann fragte er, ob er hochkommen könnte. Mit aggressivem Schritt und müde glänzenden Augen trat er ins Zimmer. – Findest du, das ist die richtige Uhrzeit? – fragte ich. Er sah aus, als hätte er kaum geschlafen, was er mir auch sogleich wie nebenbei sagte. Ja, er schien sogar stolz darüber zu sein. – Kommen Sie mit schwimmen, Professore, – wiederholte er. – Niemand ist da.

Ich musste einen Brief schreiben. – Professore, – fuhr er nach kurzer Pause fort, – man braucht die Nacht nur zum Tag zu machen und alles wird schön.

Ich sah von meinem Blatt Papier auf. – In deinem Alter nimmt man Enttäuschungen noch auf die leichte Schulter.

Berti lächelte mit einer gewissen Härte. – Warum

sollte ich enttäuscht sein? – Er schaute mich von oben herab an. – Ich dachte, du hättest dich gestritten … – erwiderte ich.

– Mit wem? – unterbrach er mich.

– Ist schon gut, – brummelte ich.

– Kommen Sie schwimmen, Professore, – sagte Berti. – Das Meer ist herrlich.

XI.

Ich sagte ihm, dass ich mich später dort mit meinen Freunden treffen würde und er solle mich doch bitte in Ruhe lassen. Er ging fort mit seinem zugleich ernsten und genervten Ausdruck im Gesicht und auf der Stelle bedauerte ich, ihn so schlecht behandelt zu haben. Aber Geduld, sagte ich mir, er muss aus seinen Erfahrungen lernen. *Ich* habe etwas dabei gelernt.

In der Bar traf ich Guido. Er trug das übliche Shirt mit offenem Kragen und weiße Hosen; und ich musste lächeln über die falsche Männlichkeit, die seine Sonnenbräune ausstrahlte. Guido streckte mir lächelnd seine Hand hin und blickte, halb verschlagen, halb ernst, zu den Dächern hinauf. – Was für ein Tag, – sagte er. Es war wirklich ein zauberhafter Morgen, ein zauberhafter Himmel. – Trinken Sie einen Marsala, Professore. Diese Nacht, he? – Er blinzelte mir zu, ich weiß nicht warum, und er ließ mich nicht mehr gehen. – Und was macht die schöne Clelia? – fragte er.

– Ich komme gerade von meiner Herberge.

– Immer anständig, Professore.

Schließlich brachen wir auf. Er fragte mich, ob ich noch länger am Meer bleiben würde. – Ich habe langsam genug davon, – sagte ich. – Zuviel Komplikationen.

Guido hörte mir nicht zu, oder verstand mich vielleicht gar nicht.

– Sie sind allein hier, – sagte er.

– Ich habe meine Freunde.

– Das reicht nicht. Auch ich habe dieselben Freunde, aber ich wäre heute morgen nicht so in Form, wenn ich in einem Einzelbett geschlafen hätte.

Da ich schwieg, erklärte er mir, dass auch ihm Clelias Gesellschaft gefiel, doch sei der Rauch noch nicht der Braten.

– Und was wäre der Braten?

Guido musste lachen. – Es gibt Frauen aus Fleisch, – sagte er, – und Frauen aus Luft. Ein Mundvoll Luft nach dem Essen tut gut. Aber vorher muss man gegessen haben.

In Wahrheit sei ich wegen Doro am Meer, entgegnete ich.

– Und übrigens, sagte ich, – er hat mit dem Malen aufgehört.

– Das war auch Zeit, – erwiderte Guido.

Doch an diesem Morgen kamen weder Clelia noch Doro an den Strand. Auch Gisella und die anderen wussten nichts weiter. Zu Mittag wurde ich ungeduldig, und da sie von einem geplanten Bootsausflug sprachen, ergriff ich die Gelegenheit, ging zurück, zog mich um und ging zur Villa hinauf. Niemand war auf der Straße. Am Tor angekommen sah ich auf dem Kiesvorplatz Doro und einen älteren

Herrn mit Stock und Panamahut auftauchen, der sich in schönster Ruhe zur Straße hin bewegte und ich weiß nicht wohin lauschte, während er mit einem Kopfnicken antwortete. Als wir dann allein waren, sah mich Doro mit komisch unruhigen Augen an. – Was ist passiert? – fragte ich. – Clelia ist schwanger. Das ist passiert.

Bevor ich ihm gratulierte, wollte ich die passende Gelegenheit abwarten. Wir gingen die kleine Allee zum Treppenaufstieg hinauf. Doro schien ungläubig und amüsiert zugleich. – Also, du freust dich bestimmt, – sagte ich ihm. – Zuerst will ich sehen, wie das Ganze ausgeht, – brummelte er. – Es ist das erste Mal, dass mir das passiert.

Jetzt kam Clelia aus ihrem Zimmer und fragte, wer da sei. Sie lächelte mir zu, wie um sich zu entschuldigen und hielt ihr Taschentuch an den Mund. – Hoffentlich ekelt es Sie nicht vor mir? – sagte sie.

Dann sprachen wir über den Arzt, der viel von Verantwortung geredet hatte, und der mit wer weiß was für Instrumenten wiederkommen wollte, um eine wissenschaftliche Diagnose stellen zu können. – Was für ein Verrückter, – sagte Clelia.

– Aber nein! – platzte Doro los. – Wir nehmen heute den Zug und fahren nach Genua. De Luca muss dich untersuchen.

Clelia schaute mich resigniert an. – Sehen Sie, – sagte sie. – So beginnt die Vaterschaft. Er ist es, der befiehlt.

Ich sagte, dass ich es bedauerte, dass sie ihren Aufenthalt am Meer unterbrechen musste, aber insgesamt sei es doch etwas Schönes.

– Glauben Sie, ich würde es nicht auch bedauern? – murrte Clelia.

Doro zählte seine Finger ab. – Es wird mehr oder weniger in …

– Hör auf damit, – versetzte Clelia.

Tatsächlich fuhren sie dann nicht mit dem Zug, sondern mit dem Auto von Guido. Doro, der mich bis ins Dorf zurückbegleitete, vertraute mir an, dass er einen gewissen Widerwillen empfand beim Gedanken, die Sache herumzuerzählen, und dass er eine Verstauchung oder einen Bruch vorziehen würde. Mit großer Redseligkeit quasselte er so dahin und scherzte über Nichtigkeiten. – Du bist ja aufgeregter als Clelia, – sagte ich ihm. – Oh, Clelia hat schon resigniert, – erwiderte Doro. – Das macht mich wütend, wenn ich sie so resigniert sehe.

– Hast du etwas anderes erwartet?

– Es ist wie beim Lotteriespiel, – sagte Doro. – Man hat sich das Los in die Tasche gesteckt und denkt nicht mehr daran.

Als Guido an diesem Nachmittag mit seinem Auto vor dem Tor hielt, war ich gerade dabei, mich von Clelia zu verabschieden. Ich sah ihr zu wie sie durch die Zimmer ging und Sachen zusammenpackte, während das Hausmädchen im Haus hinauf- und hinunterlief. Von Zeit zu Zeit stieß Clelia einen Seufzer aus und kam zu mir ans Fenster, an dem ich lehnte, wie eine Hausherrin, die die Runde zu jedem ihrer Gäste macht, um sich dann bei einem unter ihnen darüber auszulassen, wie erschöpft und genervt sie ist.

– Freuen Sie sich, nach Genua zurückzukehren? – fragte ich sie.

Sie nickte mit einem zerstreuten Lächeln.

– Doro gefallen solch spontane Reisen, – sagte ich. – Hoffen wir, dass es die letzte ist.

Nicht einmal diese Anspielung verstand Clelia. Sie erwiderte vielmehr, dass man bei solchen Dingen auf nichts schwören kann; doch dann wurde sie ganz rot und rettete sich, indem sie protestierte: – Oh, Sie Schurke!

Ich sagte ihr, dass auch ich den Strand verlassen würde. Zurück nach Hause. – Das tut mir leid, – entgegnete Clelia. Im Gegenteil, antwortete ich, ich war froh, mit ihr ihren letzten Jungmädchensommer verbracht zu haben. Für einen Augenblick wurde Clelia wieder zu der, die sie in den vergangenen Tagen gewesen war: sie hielt inne, hob den Kopf und sagte mit halblauter Stimme: – Das ist wahr. Wie dumm ich bin. Sie haben sich bestimmt entsetzlich gelangweilt, Sie Ärmster.

Am späteren Nachmittag brachen sie schließlich auf, mit Guido, der herumscherzte, aber da Clelia sofort eher lustlos darauf reagierte, hörte er, glaube ich, damit auf. Sie sagten mir, ich solle auf sie warten, denn sie rechneten darauf, in wenigen Tagen wieder zurückkommen zu können: Mit einer gewissen Traurigkeit sah ich zu, wie sie sich entfernten. Im Grunde ärgerte es mich, dass Doro mich nicht gefragt hatte, ob ich sie begleiten wolle.

Am nächsten Morgen war ich mit Ginetta am Strand und als ich schon bald nicht mehr wusste, worüber ich noch mit ihr reden sollte, kamen einige junge Leute herbei und entführten sie mir. Ich streifte zwischen den Sonnenschirmen umher. In einiger

Entfernung sah ich Nina und machte einen großen Bogen. Jeden Augenblick rechnete ich damit, Berti zu begegnen.

Dagegen stieß ich dann auf Guido, als ich wieder zur Allee kam. Er hatte gerade sein Auto in der Garage abgestellt. Er sagte mir, dass das Brautpaar in Genua blieb. Ihr Arzt war abwesend und die Reise hatte Clelia ziemlich zugesetzt. – Es ist zu blöd, – schloss er, – in diesem Jahr verschwinden sie alle.

Berti tauchte wie gewöhnlich in der Trattoria auf. Wie ein Schatten trat er ein, und ich wusste, dass er vor meinem Tisch stand noch bevor ich überhaupt die Augen erhob. Er erschien mir ruhig.

Nach seinem lustlosen und genervten Gesichtsausdruck hätte ich gesagt, dass er bereits vom Aufbruch meiner Freunde wusste. Stattdessen fragte er mich, ob ich am Morgen zum Strand gegangen war. Wir wechselten ein paar Worte und noch während ich redete, überlegte ich, was ich ihm außerdem alles erzählen könnte. Ich fragte ihn, wann er wieder in die Stadt zurückkehrte.

Er machte eine verdrossene Geste.

– Alle kehren sie heim, – sagte ich.

Als er von Clelias Abreise erfuhr, nestelte er an seiner Streichholzschachtel herum. Ich hatte ihm nicht den Grund der Abreise enthüllt; doch dann erschien er mir ganz beschämt – mir dämmerte, dass er den Grund bei sich selbst suchte, als Folge der Tanz-Episode – und ich sagte ihm, dass seinen Wunschvorstellungen entsprechend Clelia die brave Ehefrau gespielt und ein Kind empfangen hatte. Berti sah mich ohne ein Lächeln an; dann lächelte er auf einmal grundlos, legte seine Streichholzschachtel weg und stammelte: – Ich habe es erwartet.

– Es ist zu dumm, – sagte ich, – dass so etwas passieren muss. Frauen wie Clelia sollten niemals darauf hereinfallen.

Berti wurde jetzt ganz untröstlich, ohne dass ich seinen Stimmungswandel bemerkt hätte. Ich erinnere mich, dass wir gemeinsam zur Herberge zurückgingen; ich schwieg, und auch er schwieg und ließ seine Blicke umherwandern.

– Kehrst du nach Turin zurück? – fragte ich ihn.

Doch er wollte nach Genua fahren. Und er bat mich, ihm das Geld für die Fahrtkosten zu borgen. Ich fragte ihn, ob er verrückt geworden sei. Er antwortete, dass er auch hätte lügen und mich um Geld bitten können, um Schulden zu begleichen, aber dass ich mit Ehrlichkeit offensichtlich nicht viel anzufangen wusste. Er wollte einfach Clelia wiedersehen und sich von ihr verabschieden.

– Was glaubst du denn? – ging ich ihn an, – dass sie sich noch an dich erinnert?

Wieder verstummte er. Ich dachte, wie merkwürdig das Ganze doch war: Ich hatte das Geld für die Reise und machte sie nicht. Inzwischen waren wir in unserer Gasse angelangt, und der Anblick des Olivenbaums irritierte mich. Ich begann zu verstehen, dass nichts unwohnlicher ist als ein Ort, wo man einmal glücklich war. Ich verstand, warum Doro eines schönen Tages den Zug genommen hatte, um in seine Hügel zurückzukehren und dann, am nächsten Morgen, wieder zu seinem Schicksal zurückkehrte.

Am selben Abend trafen wir uns im Café – alle waren da, selbst Guido und an seinem Tisch auch Nina – und ich überredete Berti, zusammen mit mir nach Turin zurückzufahren. Guido wollte uns noch zum Tanzen mitnehmen und war bereit, sogar Berti mitzunehmen. Aber wir brachen in derselben Nacht auf.

HANNS-JOSEF ORTHEIL

Im Sommer, in Italien, am Meer

VOR ZWEI JAHREN war ich noch einmal an der italienischen Adria-Küste, in den Marken, südlich von Ancona. Eine Zeitlang bin ich fast jedes Jahr hingefahren, zum Schwimmen und zum Fahrradfahren die Küste entlang. Jedes Mal lag ich für einige Wochen an demselben Strandstück und erlebte das italienische Sommerdasein, das im Mai beginnt und bis Mitte September dauert. So lange konnte ich nicht bleiben und wäre doch gerne so lange geblieben. Längst kannte ich viele von denen, die sich an jedem Morgen aus der Küstenstadt ans Meer bewegten und dort den ganzen Tag verbrachten, unterbrochen nur von der mittäglichen Mahlzeit und der Siesta.

Es waren immer dieselben Menschen, die mir begegneten, alleinlebende ältere Frauen, gemischte Gruppen von jüngeren Leuten, Eltern mit Kindern – und alle standen unaufhörlich in Kontakt. Schon die morgendliche Begrüßung zog sich einige Zeit hin und bestand aus Erzählungen über den vergangenen und Ideen für den bevorstehenden Tag. Danach flammten Gesprächsherde auf. Jemand las eine

Schlagzeile vor – und die Debatten über die aktuellen Tagesthemen begannen. Ein Mädchen hatte sich ein Eis geholt – und wurde gefragt, welche Sorte es gewählt habe. Ein älterer Mann kam vom Markt zurück – und man erkundigte sich nach den Sonderangeboten. Eine junge Frau summte einen Song, und man wollte wissen, von wem er stammte.

Es gab Solistinnen mit frei schweifenden Erzählungen, und es gab Solisten mit langen, resümierenden Monologen. Allen hörte man geduldig zu, bis der Chor der Stimmen ein Motiv entdeckt hatte, an das sich anknüpfen ließ. So entstanden die Variationen, leidenschaftliche, mäßigende oder solche mit einem nicht endenwollenden Leerlauf, den meist nur eine genervte Kinderstimme resolut beenden konnte.

An den Wochenenden kamen die Fremden, vermögende Römer und Familien aus dem gebirgigen Inland. Sie versuchten erst gar nicht, sich dem Leben der Einheimischen anzupassen. Die blieben am liebsten unter sich und bildeten mit den Wochen und Monaten einen immer stabileren Biotop des Sommers, mit eigenen Regeln und Ritualen, die etwas Zeitloses, Unveränderliches hatten.

Wegen dieses seit Jahrzehnten existierenden Sommerlebens bin ich so gerne an mein Strandstück gefahren. Ich habe dort Freundschaften geschlossen und viele Menschen der Region kennengelernt, und jedes Mal, wenn ich als blasse Erscheinung aus dem Norden im Süden der Marken eintraf, begannen die Unterhaltungen, als wäre ich nie fort gewesen. Sie nahmen Fahrt auf und knüpften ans vergangene Jahr an, und nach wenigen Tagen zeigte sich auf meiner

Haut die erste Bräune, die intensiver wurde, bis hin zur Dunkelbräune, die ich kurz vor meiner Rückkehr nach Deutschland erreichte.

Dann aber kam die Pandemie, und ich konnte nicht mehr in den Süden fahren. Die Sehnsucht nach dem sommerlichen Leben am Meer jedoch blieb und wurde immer heftiger. Ich schaute mir Fotos der vergangenen Jahre an und beobachtete meinen Strand mit Hilfe von Bildern einer Webcam, die mir die kurzen Auftritte der Menschen am Meer zeigten. Manchmal, wenn die Sehnsucht zu stark wurde, telefonierte ich mit dem Besitzer eines Strandlokals und erkundigte mich, wie es ihm in den schlimmen Zeiten ohne Besucher erging. Er ließ das Meer im Hintergrund des Telefonats rauschen und sprach ironisch davon, dass es pandemieresistent sei: Die Ewigkeit, sagte er, kennt keine vorübergehenden Krisen, das Meer ist immer für Dich da!

Die Lust, Bilder vom Strand zu verfolgen, nahm durch solche beschwichtigenden Worte eher noch zu. In meiner Hilflosigkeit sah ich mir sogar noch einmal Luchino Viscontis Verfilmung von Thomas Manns *Tod in Venedig* an. Dirk Bogarde in der Rolle des Komponisten Gustav von Aschenbach interessierte mich vor allem, wenn er am Strand auftauchte – im Anzug, mit Arbeitsmappe, einer, der ein Auge für die anderen Badegäste, aber kein Auge für das Meer hatte. Er verkörperte das frühste Stadium der Annäherung des Menschen an die Küste. Damals, zu Beginn des zwanzigsten Jahrhunderts, schritten die Badenden noch vorsichtig und gehemmt ins Wasser, halb bekleidet – nach dem Bad aber inszenierten sie das Strandleben so, wie ich es auch kannte: in geselligen Runden, durch Strandverkäufer mit frugalen Imbissen versorgt, immerzu im Gespräch.

Ein Tag am Meer hieß die Ausstellung des Mainzer Landesmuseums, die ich im Winter 2018/2019 gesehen hatte. Ich holte den Katalog wieder hervor und studierte die Bilder von Max Slevogt und Max Liebermann, die sie 1908 an der holländischen Küste gemalt hatten. Sie zeigten Dünenpromenaden und Szenen am Strand, mit Strandkörben, Sandburgen und Muschelfischern bei der Arbeit. Die Frauen trugen lange, weiße Kleider und elegante Hüte, und die Männer erschienen meist in dunklen Tönen. Badende sah man nicht, all diese Menschen machten in ihren schönen Runden Halt vor der Meeresfläche, deren hell auslaufender Wellensaum wie eine Grenzmarkierung wirkte. Fremd, in sich versunken oder auch bedrohlich grollend lag das Meer vor diesen Strandgängern, eine damals noch kaum betretene Region, wie eine ferne, schimmernde Welt.

Jahrhundertelang war das Meer ein faszinierendes und oft als gefährlich wahrgenommenes Naturterrain geblieben, auf das man sich nicht freiwillig einlassen wollte und dessen Magien man in mythischen Erzählungen, dramatischen Sturmszenen oder auch in musikalischer Symphonik beschwor. Die Annäherung an das offene, sich ausdehnende und vom Wind bewegte Wasser geschah erst allmählich, noch zu Beginn des zwanzigsten Jahrhunderts waren die Reserven gegenüber einer direkten Kontaktaufnahme in der Form von Badekarren, die wie kleine Behausungen am Strand entlang standen, deutlich zu erkennen. Man ›betrat‹ das Meer vorsichtig über eine kleine, hölzerne Treppe, ›benetzte‹ die freien Hautpartien und hielt sich nicht lange im Wasser auf.

An der Küste entstanden jedoch mit der Zeit Zentren des Vergnügens, die den Strandaufenthalt verlängerten. Promenaden, Casinos, Läden mit Strandmode, Restaurants, ja sogar Buchhandlungen und Bibliotheken bildeten Kulissen einer Unterhaltung, die auf die Nähe zum Meer zugeschnitten waren und den Aufenthalt zu einem wochenlangen Amüsement machten. In meinem Badeort an der italienischen Adriaküste waren solche Räume des geselligen Vergnügens überall anzutreffen. In den Restaurants gab es mittags und abends frisch gefangenen Fisch, die Modegeschäfte warben mit den aktuellsten Strandmoden, und die Promenaden waren breite, in die Länge gezogene Straßen mit Palmenalleen zu beiden Seiten, die den Spaziergängern und Radfahrern den ganzen Tag Schatten boten.

Italien am Meer – spätestens seit den Nachkriegsjahrzehnten, als immer mehr Touristen aus dem Norden dorthin reisten, bestand es aus Strandkulturen, in denen sich ganz neue Formen des sozialen Lebens etablierten. In ihnen diktierten die neuste Mode, die neusten Lieder und Songs sowie die neusten Meldungen von allem, was am Meer ›angesagt‹ war, ein unbeschwertes Dasein, das allen gesellschaftlichen Schichten zugänglich war. Je nach Herkunft, Einkommen, Vermögen oder vitalen Interessen verlief das Leben am Strand unterschiedlich, sperrte aber niemanden aus, der es genießen wollte. Gerade das hatte mir während meiner Aufenthalte am Meer so gefallen: dass sich Bekanntschaften, Gespräche und Unternehmungen mit Menschen aller Provenienzen ergaben, unabhängig von Geld, Bildung, An- oder Aussehen.

Solche Strandkulturen hatten die Fantasien von Italien als Urlaubsland seit den fünfziger Jahren geprägt, und die italienischen Schriftsteller, Filmemacher und Musiker hatten einen großen Anteil daran, sie weiter zu entwickeln und zu verfeinern. In Romanen, Filmen, Zeitungen und Zeitschriften spielte das Strandleben mit all seinen Details eine bedeutende Rolle, begleitet von Canzoni und Liedern, die eigens für Sommer und Strand geschrieben wurden und tagaus, tagein in den Bars und Imbissstuben in Küstennähe zu hören waren.

Wer sich, oft mit speziellen Badeutensilien ausgerüstet und mit Musik, Zeitungen oder auch Büchern versehen, an den Strand begab, den erwarteten eine vom Strandpersonal zugewiesene Liege, ein Sonnenschirm, ein Stuhl und eine Kabine, in der man sich umkleiden und weitere Accessoires lagern konnte. Der Strandplatz wurde dadurch zur Tribüne eines Sommers, den man täglich zusammen mit Sitznachbarn, eintrudelnden Freunden oder Gelegenheitsbekanntschaften verbrachte. Jeder Tag gestaltete sich zu einem eigenen Spektakel, dessen Grundelemente immer dieselben waren: die Unterhaltungen, die Spiele mit den Kindern, Sport, Gymnastik, das Lesen von Magazinen und Romanen, der Gang ins Meer, die Mahlzeiten und die abendlichen Freiheiten (wie Tanz, Treffen in Clubs, Modeschauen oder Miss-Wahlen).

Heute erscheinen die vielen kleinen Orte am Meer wie separate, autarke Räume, die ihre Traditionen in einer eigenen ›Fama‹ kultivieren. Die jeweilige ›Fama‹ der Orte ist das, was einem die Einheimischen als erstes erzählen, was sie erzählerisch ausschmücken und unendlich oft wiederholen, um sich ihres Wissens und ihrer Empfindungen für den heimatlichen Raum zu vergewissern. Sie kann um die Historien einer mittelalterlichen Burg mitten in einem Stadtzentrum ebenso kreisen wie um die Erfolge eines Radfahrerteams, um die regionale Küche oder um Ereignisse auf den ländlichen Märkten, die mehrmals in der Woche Menschen aus der ganzen Region anziehen.

Die Fremden und vor allem die Touristen wird es auf die Dauer erstaunen, dass in den Lokalen nicht nur täglich dieselben Gerichte der klassischen italienischen Küche angeboten werden, sondern auch dieselben Erzählungen von verschiedenen Menschen in höchstens unterschiedlicher Länge zu hören sind. Die Sommerräume der italienischen Küstenlandschaften sind daher in diesem Sinn konservative Regionen. Seit Jahrzehnten wird dort die Kunst des durch vielerlei Vergnügungen intensivierten Strandlebens zelebriert, dem man sich mit Freude unterwirft und dessen Rituale kein Einheimischer je kritisieren wird. Alle Anwesenden erleben den Sommer vielmehr im Rahmen eines anerkannten und lange ausgearbeiteten kulturellen Codes, der bis ins letzte Detail festgelegt und verpflichtend ist.

Das nahe Meer ist dabei die ewiggleich erscheinende Spiegelung dieser Abläufe. Seine Wellen und

Stürme machen die kleinen Dramen der Abweichungen von einem sonst kontinuierlich und ruhig verlaufenden Zeitstrom aus. Nirgendwo anders können die Menschen so lange Zeit ungestört bei sich und unter sich bleiben.

Während der Pandemie las ich als einen Ersatz für meine ausbleibenden Ferien Pier Paolo Pasolinis Aufzeichnungen über das Leben in den italienischen Küstenlandschaften. 1959 war er in einem Fiat Millecento ganz Italien von Ventimiglia bis nach Sizilien und zurück bis Triest abgefahren, um in vielen tagebuchartigen Sequenzen dieses sich damals neu und intensiv herausbildende Leben zu skizzieren.

La lunga strada di sabbia nannte er seine Reiseerzählung, in deren Verlauf er sich durch die damals neuartig und fremd erscheinenden Szenen treiben lässt. Die Hotels und Pensionen haben plötzlich mehrsprachige Aushänge (darunter besonders viele auf Deutsch), die Autos stauen sich auf den Zufahrtswegen zum Meer, die Radios in jedem Winkel kreischen laut auf, die Jukeboxen in den Lokalen laufen ununterbrochen, und am Strand wird laufend Ball gespielt: Fußball, aber auch Volleyball, Badminton und Tennis. In den Fernsehern, von denen jede Bar gleich mehrere hat, werden diese Strandszenen in perfekter Präsentation wiederholt und mit Werbung verbunden, als hätten Regisseure der Animation sie in filmreife Aufnahmen verwandelt.

In vielen Strandorten ist die Filmprominenz aus aller Welt zu Gast, sie ist der beherrschende Tross dieser Szenen, der mit den Besitzern der Hotels und Restaurants eng liiert ist und dessen Mitglieder sich in den herausgeputzten Foyers und auf den breiten Balkonen mit Meeresblick in gönnerhaften Posen präsentieren. Seine Auftrittsorte werden in den Tageszeitungen an jedem Morgen mitgeteilt, an ihnen findet sich das Publikum später ein, versucht, Fotos zu machen und kopiert danach das von den Stars inszenierte Styling. Kein Land, analysiert Pasolini damals, schafft es so wie Italien, seine Landschaften in Theater- und Filmkulissen zu verwandeln und es dadurch für den Massentourismus zu öffnen.

2015 war die deutsche Übersetzung von Pasolinis Aufzeichnungen erschienen (*Die lange Straße aus Sand*), 2021 aber überraschte mich, den Daheimgebliebenen und Ausgeschlossenen, eine Verfilmung dieser Pasolini-Reise durch den Regisseur Pepe Danquart (*Vor mir der Süden*). In den Herbstmonaten 2017 hatte er mit seinem Kameramann Thomas Schneider Pasolinis Experiment wiederholt und den italienischen Meeresstiefel an seinen Küsten entlang bereist. Die Bilder, die er von dieser Tour mitbrachte, ähnelten denen, die auch ich in den letzten Jahrzehnten immer häufiger gesehen hatte. Je weiter man nach Süden fuhr, umso mehr versiegte der Massentourismus. Viele reisehungrige Deutsche hatten längst andere Urlaubsländer entdeckt, die Radios und Jukeboxen waren ausmanövriert, und die Filmgrößen aus aller Welt präsentierten sich nicht mehr in Italien am Meer, sondern höchstens noch gelegentlich in ihren versteckt gelegenen Villen in Südfrankreich. Die Einheimischen hatten die Strandszenen zurückerobert, sie lebten gelassener und ruhiger als ihre Vorfahren in den fünfziger Jahren, und sie waren wieder fähig, die Schönheiten der Strandkulturen fast ungestört auch selbst zu genießen.

Wann würde ich wieder hinfahren können? Als die fremden, das ferne Leben vergegenwärtigenden Lektüren und Bilder zu versiegen drohten, nahm ich in meiner Not sogar ein eigenes Buch (*Die große Liebe*) zur Hand, um zumindest in diesen Romanszenen zu baden. Wie erstaunt war ich, als ich den Anfang noch einmal las! Handelte er nicht geradezu hymnisch von meiner Sehnsucht nach dem adriatischen Meer, anfangend mit den während einer Anreise aufflackernden Bildern und gesteigert von jener Begeisterung, die mich bei meinen Strandaufenthalten immer befallen hatte? *Plötzlich das Meer, ganz nah, eine graue, stille, beinahe beruhigte Fläche. Ich reckte mich auf und schaute auf die Uhr, zwei, drei Stunden hatte ich vielleicht geschlafen, jetzt war früher Morgen, kurz nach Fünf, ein Juli-Morgen an der italienischen Adria-Küste […] Noch war die Sonne nicht da, der Himmel noch graublau und fahl, am Strand keine Bewegung, kein einziger Mensch, nur hier und da einige verlassene, verstreut stehende Liegestühle, Kinderspielzeug, Gerümpel, die schiefen, zusammengeklappten Sonnenschirmpilze, Liegengebliebenes […] Doch all das reichte schon, mich zu erregen, es war eine meinen ganzen Körper erfassende Erregung, wie sie mich nach langen Nachtfahrten in Zügen oft in der Morgenfrühe befiel […].*

Der Roman *Die große Liebe* (zuerst 2003 erschienen) handelte letztlich von nichts anderem als meiner großen Liebe zum adriatischen Meer und seinen Stränden, in ihm hatte ich zum ersten Mal von meinen eigenen Strandszenen erzählt. Ich las auszugsweise wieder darin und vertiefte mich daneben weiter in die Küstenwebcams mit den Bildern der Ferne.

Da erfuhr ich von meinem Freund Helmut Moysich, dass er an einer Neuübersetzung von Cesare Paveses Roman *La spiaggia* arbeitete. Nicht *Am Strand* (wie die Übersetzung von 1970) sollte der Roman im Deutschen heißen, sondern *Der Strand:* grundsätzlicher, zentraler, fokussiert auf die Bühnen, die sich in Paveses Roman auftaten.

Pavese ..., Cesare Pavese? In den Jugendjahren hatte ich sein Tagebuch *Das Handwerk des Lebens* gelesen, ich erinnerte mich gut daran, denn es war ganz anders als sonstige Tagebücher gewesen. Auf einige zentrale Motive und Themen fokussiert, wurde im Strom einer fortlaufenden Selbstbefragung über die Kernfrage *Wie leben?* nachgedacht. Diesem strengen, rigorosen und bohrenden Nachfragen hatte Pavese sein Arbeiten und die allmählich entstehenden Konzeptionen seiner Gedichte, Romane und Essays unterworfen. Besonders die dabei zelebrierte Strenge und Klarheit, die alles Nebensächliche ausschied, hatte mich stark beeindruckt. Einmal hatte ich sogar versucht, sein Tagebuch-Konzept zu kopieren, war aber bald gescheitert.

Angeregt durch Helmut Moysichs Neuübersetzung von *La spiaggia* flammte mein Interesse an diesem Tagebuch und an den weiteren Werken Paveses neu auf. 1908 in dem kleinen Ort Santo Stefano Belbo im Piemont geboren, war er nach dem frühen Tod des Vaters mit der Familie nach Turin gezogen und hatte die Sommer immer wieder in den heimatlichen Regionen oder am ligurischen Meer verbracht. Wie für kaum einen anderen italienischen Schriftsteller waren diese sommerlichen Topographien mit ihren Atmosphären und Personen sein großes Lebensthema geworden. Schon im Titel seines ersten, 1940 erschienenen Romans *La bella estate* (*Der schöne Sommer*) deutete es sich an und wurde in den Folgejahren kontinuierlich variiert – in *La spiaggia* (1942) oder auch in den Erzählungen des Bandes *Feria d'agosto* (1945). Begonnen hatte Pavese seine schriftstellerischen Arbeiten mit Essays über das Schreiben und mit Gedichten, die ebenfalls Räume seiner Geburtsheimat umkreisten (*Lavorare stanca*, 1936 erschienen).

Als ich mich wieder in diese Bücher vertieft hatte, bat ich Helmut Moysich, mir seine Neuübersetzung von *La spiaggia* nach der Fertigstellung so bald wie möglich zu schicken. Im Frühjahr 2021 konnte ich sie zu Hause in meinem Arbeitszimmer ausdrucken. Ich holte mir einen Liegestuhl und legte mich auf der Terrasse meines kleinen Gartenhauses hinein. In der deutschen Ferne mochte die Lektüre zu der Illusion beitragen, mich im Sommer in Italien am Meer zu befinden. Dann begann ich zu lesen: *Schon seit längerem war es mit meinem Freund Doro ausgemacht, dass ich als sein Gast zu ihm kommen würde [...].*

Paveses vor Ort erworbene Kenntnis der besonderen Sprachen des Strandlebens hatte ihn bereits 1937 in seinem Tagebuch über formale Konsequenzen für die Gattung des Romans nachdenken lassen. Im Dezember notiert er: *Deine wahre Prosastil-Muse ist der Dialog, weil du in ihm die überraschenden, absurd-naiv-mythischen Redewendungen sagen lassen kannst, die die Wirklichkeit so ganz heimlich deuten.*

Die eigentlichen Bewegungen des Handelns in seinen Sommerromanen sind daher nicht die einer vorantreibenden Geschichte, sondern solche des Redens. Dieses fortlaufende Reden und Sprechen führt die in *La spiaggia* auftretenden Personen in immer neuen Konstellationen zusammen. Sie begegnen sich kurz, gehen auseinander, finden sich wieder, trennen sich – und begegnen einander erneut. Der Strand ist der statische Raum dieser verlangsamten Treffen, denen Pavese meist jeweils ein kurzes Kapitel widmet, bevor er im nächsten die Plätze und Rollen der Personen tauscht. An das, was sie reden und sagen, scheinen sie nicht gebunden, sie flüstern sich etwas zu, denken etwas an, träumen, fantasieren, und es fällt ihnen leicht, im nächsten Moment zu ganz anderen Themen überzugehen.

Gerade diese freien, wie improvisiert erscheinenden Strukturen hat Pavese dem Strandleben abgeschaut und zu Bausteinen seines romanhaften Erzählens gemacht. Gleich zu Beginn sind die höchstens losen Verbindungen zwischen den Figuren zu erkennen. Der Ich-Erzähler skizziert die Geschichte einer Freundschaft und das Zusammentreffen mit seinem Freund Doro – und findet weder zu einem Resumé noch zu einer Idee, wie die geplante gemeinsame Ferienzeit verlaufen könnte. Diese Unentschiedenheit erlebt der Leser als Irritation, die sich im Verlauf des Romans immer mehr steigert. Oft weiß er nicht so recht, woran er mit den Figuren ist. Was haben sie vor? Stehen sie zu dem, was sie denken und sagen? Welche weiterführenden Pläne haben sie, welche Vorstellungen von ihren Leben?

All das soll sich ergeben, ohne Druck, ohne Vorsätze, aus heiterem Himmel. Pavese lässt seine Figuren treiben und wartet gleichsam darauf, dass ihre labilen Psychen Entschlüsse fassen oder zu Einsichten gelangen. Während sie sich solchen Zumutungen verweigern, führt er sie an abgelegene Orte, in die Berge, ans Meer. Er lässt sie spielen und trinken, die meisten sind um die Dreißig und klammern sich weder an einen Beruf noch an eine Ehe. Das sich daraus ergebende haltlos wirkende Schwanken beobachtet der Erzähler mit Skepsis, manchmal aber auch mit einer gewissen Genugtuung. Er selbst zieht sich immer wieder zurück und lebt mit den anderen nicht unter einem Dach. Der Leser erkennt ihn manchmal in den Rollen eines Lehrers oder auch eines Schriftstellers, aber er agiert diese Rollen nicht aus. Eher dienen sie ihm als kurze Fluchtbewegungen vor den Nachstellungen der Clique, die um die weibliche Parallelfigur zu der des männlichen Erzählers kreist, um Clelia, die Frau seines Freundes.

Sie ist die eigentlich genuine Erzählerin und Tonangeberin, die den Raum der anderen Figuren konturiert und ihn zusammenhält. Um sie zu treffen und Stunden mit ihr zu verbringen, nähern sich die anderen Figuren immer von neuem, und die inszenierten typischen Strandvergnügungen erlauben kurzfristige Annäherungen. Man tanzt, raucht, isst und trinkt, unterhält sich zu zweit, fischt nach Geständnissen – und wendet sich im nächsten Augenblick einem anderen Menschen zu.

Die Isolation des Erzählers wird von Clelias versteckter Isolation gespiegelt – diese beiden erscheinen als das eigentliche Paar, das doch nur zu genau um die Unmöglichkeit eines gemeinsamen Daseins weiß. Wie der Erzähler in bestimmten Momenten für sich bleibt und etwas notiert, bleibt Clelia im Meer allein. Er ist der Landstreuner, eng mit der Landschaft, sie ist die Schwimmerin, eng mit dem Wasser verbunden. Was sie vereint, ist ihre fast schmerzhaft empfundene Differenz, deren Hintergründe keiner der beiden in Worte zu fassen vermag.

Dieser erlebten Differenz zwischen Frauen und Männern begegnet man häufig in Paveses Tagebüchern. Manche kreisen um Fantasien von Ehe, Liebe und Freundschaft oder auch nur um Vorstellungen von Zusammengehörigkeit, und immer wieder werden diese Fantasien fast zynisch verworfen oder als zum Scheitern verurteilte Illusionen entlarvt.

Solche Akte der Selbstzerstörung hat er an einer Stelle auf eine Formel gebracht, die den Roman *La spiaggia* wie ein inneres Geheimnis seiner Psychen grundiert: *Entfliehen könnte diesem Geschick, wer verstünde, allein zu sein – all seine Erfordernisse im eingeschlossenen Kreise seiner Person auszuschöpfen. Aber wir sind so beschaffen, dass auch unsere innersten Regungen Halt suchen an einer Zustimmung in der Gemeinschaft. Es werden sogar diejenigen, die besonders einsam leben, wenn sie im Nächsten eine Antwort finden, dahin gebracht, sich mit um so mehr Begeisterung und Ausschließlichkeit da hinein zu werfen, da sie dahin neigen, eine vervielfachte Einsamkeit von Seelen zu schaffen.*

Hier ist es umrissen, das Los des Ich-Erzählers. Er sucht nach einer Antwort in den anderen, die sich immer deutlicher zu einer Gemeinschaft um ihn herum formieren. Je mehr er sich auf sein Alleinsein zurückzieht, umso stärker antwortet diese Gemeinschaft – in der Vervielfachung von Einsamkeit, in Darstellungsformen von Einsamkeiten. Im jeweiligen Spiel dieser Formen unterscheiden sich die Figuren des Romans, während sie alle modernen Attribute des Sommerlebens nutzen und in Szene setzen – während einer Autofahrt, während der Mahlzeiten, während des Sitzens am Strand. Sie scheinen nicht müde zu werden, sich dieser Attribute zu bedienen, bis der Schlussakkord des Romans, verhalten und beinahe unhörbar, andeutet, dass eines der Paare ein Kind erwartet.

In der letzten Szene des Romans holt der Erzähler die Gemeinschaft noch einmal an einen gemeinsamen Tisch in einem Café. Er betont, dass alle da sind, wie ein Lehrer, der sich beim Abschluss einer Studienreise noch einmal vergewissert, dass niemand aus dem Schülerkreis verloren gegangen ist. Kurz flackert die Idee des lockeren Strandlebens noch einmal auf, im Vorschlag, noch einmal tanzen zu gehen: *Aber wir brachen in derselben Nacht auf.*

Cesare Pavese hat in *La spiaggia* als einer der ersten italienischen Romanciers die Tiefenschichten der späteren Strandkulturen der Nachkriegsjahrzehnte freigelegt. Unter den prägnant skizzierten Oberflächen der Selbstdarstellungen seiner Figuren, die das neue Leben am Meer zelebrieren, sucht er nach dem nicht ausgelebten emotionalen Verlangen – dem nach Liebe, dauerhafter Freundschaft oder auch nur nach Zuneigung und Nähe. Das Scheitern dieses unterdrückten Verlangens lässt die Figuren oft melancholisch, abwesend, ja sogar leblos und stumm erscheinen. Der Szenenwechsel ihrer Auftritte bewirkt keine tiefere Annäherung, sondern erscheint wie ein nur halb gelebter Reigen, der die existentiellen Themen streift, aber nirgends vertieft.

Pavese hat diese Zeitzeichen in späteren Jahren selbst kritisiert. Nach seinem Eintritt in die kommunistische Partei und dem sich daraus ergebenden politischen und sozialen Engagement erschien ihm *La spiaggia* als zu luftig und seine Figuren als nicht entschieden genug. Gerade diese Unentschiedenheit macht jedoch den besonderen Charakter des Romans aus. Er ist eine forcierte Studie der italienischen Lebensformen, wie sie bis heute noch in vielen Momenten erhalten geblieben sind. Sie in ein durchdachtes, Modernität beweisendes Romankonzept zu übersetzen, ist Paveses genuine literarische Leistung.

Möglich wurden diese Transformationen auch dadurch, dass Pavese schon früh die neusten Bewegungen der amerikanischen Literatur studiert, über Walt Whitman promoviert und viele literarische Texte übersetzt hatte. Sein Schreiben ist inspiriert von einem Blick auf diese Traditionen jenseits des Atlantiks, von deren Adaption er sich eine Erneuerung der italienischen Literatur versprach. Dieses Wissen brachte er auch in seine Verlagsarbeit ein, die er seit 1938 für den Verlag Einaudi zunächst in Turin, später in Rom als Lektor und Berater vieler Autorinnen und Autoren betrieben hatte.

Neben dem seit 1935 bis zum Tod geführten Tagebuch sind seine Essays zur Literatur eine wichtige Quelle für das Verständnis seiner Vorhaben und

Ansprüche. Außer dem Blick auf amerikanische und englische Schriftsteller konzentrieren sie sich immer auch auf aktuelle, poetologische Fragen, die er unter wechselnden Stichworten behandelt hat.

Dabei spielen die Begriffe des Mythos und des Mythischen eine zentrale Rolle. Um genau zu verstehen, was damit gemeint ist, lese man eine Passage seines Tagebuchs (vom 17. September 1943). Sie ortet zunächst den mythischen Raum: *Eine von Höhenzügen umsäumte Ebene, bestehend aus Wiesen und Bäumen in Kulissen, die aufeinander folgen und durchquert sind von breiten Lichtungen, am Septembermorgen, wenn ein wenig Dunst sie vom Boden loslöst – das interessiert dich durch den offensichtlichen Charakter als* HEILIGER ORT, *den es in der Vergangenheit annehmen musste.* Und geht danach über zur Erläuterung des mythischen Elements von Räumen, wie sie in *La spiaggia* erscheinen: *Der* MYTHISCHE ORT *ist nicht der individuell einzigartige, vom Typus des Heiligtums oder ähnlichem [...], sondern vielmehr der mit gewöhnlichem, allgemeinem Namen, die* WIESE, *der* WALD, *die* GROTTE, *der* STRAND, *die* LICHTUNG, *der in seiner Unbestimmtheit alle* WIESEN, WÄLDER *usw. beschwört und alle mit seinem Symbolschauer belebt.*

Der Symbolschauer aber ist das Erbe der in den genannten Regionen verbrachten Kindheit. Pavese nennt ihre Atmosphären und Bilder ›transzendental‹, Spätformen der religiösen Schauer, die ältere Generationen erlebt und geprägt haben. An der Wiederfindung solcher Symbolschauer zu arbeiten, war sein Lebensthema, ihm ist er in der zweifelnden, abwägenden und minutiös nachforschenden Prosa seines Tagebuchs gefolgt, das fremde und eigene Texte studiert, Freundinnen und Freunde aus großer Nähe beobachtet und diese Experimente mit dem geweiteten Blick auf das mögliche, nächste literarische Vorhaben verbindet.

Auch diese Arbeitsweise, die Lebensthemen in literarische Forschung übersetzt, gehört zu Paveses einzigartigem literarischen Erbe. Dass sein Tagebuch, je länger er daran arbeitet, auch zu einem Dokument der wachsenden Resignation wird, indem er den Selbstmord immer dringlicher anspricht und diskutiert, macht seine Lektüre für den heutigen Leser nicht leicht. Fast schmerzhaft wird er empfinden, wie Paveses Lebenslinien auf diese Konsequenz zulaufen. 1950 hat er sich im Alter von zweiundvierzig Jahren in einem Turiner Hotel das Leben genommen. Die letzte Eintragung im Tagebuch lautet: *Nicht Worte. Eine Geste. Ich werde nicht mehr schreiben.*

(Geschrieben im Westerwald, im Sommer 2021)

In diesem Nachwort genannte sowie weiterführende Literatur:

ALAIN CORBIN: *Meereslust. Das Abendland und die Entdeckung der Küste 1750–1840.* Aus dem Französischen von Grete Osterwald. Berlin 1990

GAMAL MORSI: *»Amerika ist immer woanders«. Die Rezeption des American Dream in Italien.* Marburg 2001

PIER PAOLO PASOLINI: *Die lange Straße aus Sand. Italien zwischen Armut und Dolce Vita.* Aus dem Italienischen von Christine Gräbe und Annette Kopetzki. Wiesbaden 2015

CESARE PAVESE: *Das Handwerk des Lebens. Tagebuch 1935–1950.* Deutsch von Charlotte Birnbaum. Hamburg 1956

CESARE PAVESE: *Das Haus auf dem Hügel.* Aus dem Italienischen von Maja Pflug. Zürich 2018

CESARE PAVESE: *Der schöne Sommer. Drei Romane.* Aus dem Italienischen von Maja Pflug. Zürich 2021

CESARE PAVESE: *Schriften zur Literatur.* Aus dem Italienischen von Erna und Erwin Koppen. Hamburg und Düsseldorf 1967

DIETER RICHTER: *Das Meer. Geschichte der ältesten Landschaft.* Berlin 2014